KB074997

시간에 기대어

시간에 기대어

초판 1쇄 발행 | 2023년 6월 20일

지은이 | 박연 외
편집인 | 이용헌
펴낸이 | 윤용철
펴낸곳 | 소울앤북
주 소 | 경기도 파주시 회동길 325-22, 3층
편집실 | 서울특별시 중구 삼일대로 6길 15, 3층
전 화 | 02-2265-2950
이메일 | poemnpoem@gmail.com
등 록 | 2014년 3월 7일 제4006-2014-000088

ISBN 979-11-91697-25-4   03810

시간에 기대어

박연 외

소울앤북

소크라테스는 "느끼지 않는 삶은 살만한 가치가 없다."라고 했다. 삶이 가치 있으려면 느껴야 하고, 느낀다는 말은 자기 자신을 돌아본다는 의미로 이해해도 되겠다. 오바마스피치아카데미의 수업은 다양하다. 그 다양한 수업 중에서 삶을 돌아보고 자신의 생각을 점검하는 시간이 있다. 우리는 자신을 돌아보는 효과적인 방법으로 글쓰기를 생각했고 용감하게 실천했다. 글쓰기의 과정은 결코 만만치 않았다. 하지만 우리는 책이 나오는 과정을 겪으며 글로 다 표현할 수 없는 많은 것을 배웠다. 자기 자신과 진솔하게 마주 서게 되었고, 까마득히 잊고 살던 기억 저편의 소소한 아름다움을 찾을 수 있었다. 그렇게 쓴 글이다 보니 한 편 한 편이 우리에게는 너무나 소중했다. 그래서 책의 분량이라는 한계로 인해 각자 다섯 편만을 선택해야 하는 게 뼈를 깎는 아픔이었다고 하면 너무 과장인 걸까?

이번에 수록된 작품들은 주로 추억을 소환한 글들로 이루어져 있다. 글을 쓰며 미래에 대한 기대와 희망을 적기도 하였지만, 우선 우리는 과거의 가슴 아린 상처, 생각만으로도 눈물이 흐르는 아름다운 추억을 기록하는 일을 첫 번째 과제로 삼았다. 글에서 미래에 대한 기대와 희망을 적기도 하였으나, 과거를 반추함으로써 앞으로 살아갈 삶의 방향성을 정립하는 데 무게를 두었기 때문이다.

저자 일곱 명 중 한두 명을 제외하고는 백일장에 참여한 경력 말고는 정식으로 글을 쓴 적이 없는 초보자들이다. 그렇다 보니 작품을 완성하기까지 어려움이 많았다. 자신의 글쓰기 실력에 대한 의심으로 갈등하는 시간도 적지 않았다. 이러한 인고의 시간 역시 작품을 탄생시키기까지 훌륭한 밑거름이 되었음은 물론이다.

회원들의 작품을 읽노라면 우리 현대인들을 위로하고 치유하는 그때 그 시절의 멋과 재미를 풍성하게 느낄 수 있을 거라고 믿는다. 코믹한 웃음, 콧등이 시큰한 감동, 따뜻한 정, 자연과 전통도 찾을 수 있다. 아울러 가족애를 비롯한 개인 삶의 자세가 주는 울림을 통해 우리가 발 딛고 살아가는 구체적 삶의 현장 속에서 살아온 '나'와 닮은, 혹은 '나'와 다른 '타자'를 만날 수도 있을 것이다.

책이 나오기까지 올바른 방향을 가리키는 나침반이 되어

준 이정수 교수님, 글쓰기의 어려움으로 용기를 잃었을 때 큰 언니처럼 든든하게 어깨를 감싸 안아준 윤숙정 교수님, 언제나 즐겁게 분위기를 이끌어 주는 해피바이러스이자 행복한 가정의 롤모델이신 박영민 회장님, 장한 어머니가 장한 딸을 기를 수 있음을 기꺼이 증명해 준 김모니카 회장님, 지속적이고 열성적인 글쓰기로 모범적인 작가의 태도를 보여준 김인영 선생님과 다양한 글의 소재로 감동은 물론이려니와 읽기의 재미를 더해준 최해윤 선생님 모두 모두 감사합니다. 그리고 아낌없이 응원해 주고 용기를 준 저의 가족과 어릴 적 추억 속에서 사랑으로 성장할 수 있게 해 준 친정 형제들에게 감사를 전합니다.

『시간에 기대어』는 작가로서 출발하는 우리들의 앞날에 첫 번째 디딤돌임이 분명합니다. 글을 쓰는 내내, 과거의 시간에 기대어 봄으로써 미래의 시간에 기대어 보는 꿈도 새롭게 가지게 되었습니다. 행복했습니다. 행복합니다. 당연히 행복할 것입니다.

2023년 6월
원장 박 연

| 차례 |

박 연

작약꽃 도둑

봄이다. 계절의 순환은 어김이 없다. 만물이 생동하는 이 맘때면 몇 가지 추억이 떠오른다. 그중 하나가 작약에 대한 추억이다.

초등학교 6학년 때 외할머니께서 돌아가셨다. 엄마는 며칠 동안 슬픔에 잠겨 장례를 치르셨다. 그리고 돌아오는 길에 큰 보따리 하나를 이고 오셨다. 보따리 속에는 금사로 작약꽃이 수 놓인 이불이 들어 있었다. 엄마는 외할머니의 유품인 이불을 외할머니 대하듯 몹시 애지중지하셨다. 하지만 나는 왠지 그 이불이 불편했다. 어쩌면, 돌아가신 외할머니의 혼이라도 실려 있는 것 같아서였다. 어린 마음에 이불에 수 놓인 선명한 작약꽃이 섬뜩하고 무섭기도 했다.

시간이 흐르고 나도 나이를 먹었다. 어릴 때와는 달리 차츰 작약꽃이 좋아지기 시작했다. 까닭이 전혀 없는 건 아니었다. 다산 때문이었다. 나는 30대로 접어들면서 조선 후기의 문신이자 유학자인 정약용을 사랑하게 되었고, 실학자의 대표적 인물로 알려진 그가 좋아했던 꽃이 작약이란 걸 알게 되면서 나 역시 작약을 사랑하게 되었다. 다산은 강진에서 오랫동안 유배 생활을 했다. 어느 날 그는 자신이 거처하는 다산 초당에 백여 그루의 작약꽃을 심었다. 그리고 꽃의 성장 과정을 면밀히 살펴보면서 인생살이에 빗대는 단상을 남겨 놓았다. 다음은 정민의 책에 나오는 작약꽃에 관한 다산의 글이다. 일부를 옮겨 본다.

"내가 작약 일백여 그루를 심어 두고 그 피고 지는 것을 즐겨 살피곤 했다. 바야흐로 새싹이 성난 듯 올라올 때는 기세가 대단해서 돌이라도 뚫을 것 같다."

이렇게 시작한 다산의 글은 당당하여 거침이 없는 작약의 모습을 "옥당과 은대의 시절"에, 멀리서 바라보면 갑작스레 독이 있는 것 같기도 하고 만져보면 억세서 부서뜨리기도 어려운 모습은 "직제학과 도승지의 시절"에 차례차례 빗댄다. 그러다 마침내 작약의 "쇠락한 형상"을 묘사하는 걸 끝으로 "천지의 변함없는 이치"를 이야기한다. 그러므로 어쩌면 나는 작약을 사랑했다기보다 인생을 통찰한 다산의 정신을 흠모하고 사랑했는지도 모르겠다.

14

어느 해 4월쯤이었던 걸로 기억한다. 큰 도로 옆에 조성해 놓은 관상용 작약밭을 발견한 나는 가슴이 뛰기 시작했다. 꽃을 소유하고자 하는 욕심에 사로잡혀 밤새 갈등하던 나는 그중 몇 뿌리를 몰래 캐서 집 마당에 옮겨심기로 마음먹었다. 드디어 작업 날짜를 잡았다. 안개가 자욱하게 낀 새벽, 호미를 차에 싣고 작약밭에 몰래 숨어 들어갔다. 주변을 살피며 정신없이 열 포기 정도를 캤고, 두근거리는 가슴을 안고 걸음아 날 살려라, 하며 집에 돌아왔다. 지금 생각해 보면 낯이 화끈거린다. 다산이 내 꼴을 봤다면 대체 그게 작약을 진정 사랑하는 거냐고 호통을 쳤을 노릇이다. 어쨌거나 나는 작약을 애지중지 보살폈다. 그럼에도 불구하고 그해 내 집 마당에서 작약꽃을 구경한 사람은 끝끝내 아무도 없었다.

작약은 다년생 초본식물로 꽃이 크고 탐스러워 일명 함박꽃이라고도 한다. 사람들은 흔히 목단과 작약을 구분하지 못한다. 간략하게 말하자면 목단은 나무에 속하고 작약은 풀에 속한다.

5월 초쯤 피는 목단이 지고 나면, 그때 즈음이라야 작약이 핀다. 작약의 꽃말은 공교롭게도 '부끄러움'이다. 그러고 보면 남의 밭에 들어가 꽃을 도둑질해 제집 울 안에 심었던 이 꽃도둑이야말로 작약의 꽃말을 몸소 실천한 사람이 되었다. 다산

의 작약꽃 사랑을 그렇게 부끄럽게 본받았노라 뒤늦게 자백
해 본다.

핑크빛 '셀리공주 운동화'

오랜만에 짬을 내서 걷기운동을 했다. 기능성 운동화 덕분인지 꽤 오래 걸었는데도 발이 피곤한 줄 모르겠다. 요즘 운동화는 기능은 물론이려니와 종류나 디자인이 아주 다양하다. 하지만 예전에는 닳을까 무서워 사람들이 없는 데서는 벗어서 품에 안고 다닐 정도로 귀한 물건이었다. 내게도 운동화는 귀한 물건이었다. 그중에서도 외할머니께서 사주신 운동화가 가장 기억에 남는다. 셀리공주가 그려진 핑크빛 운동화.

나는 오빠가 신다가 작아서 못 신게 된 신발을 물려받아 신으며 자랐다. 때로는 남자애들이나 신는 축구화가 내 차지가 된 적도 있다. 이런 나에 반해 오빠는 늘 말끔한 신발을 신고 다녔다. 엄마에게 오빠는 딸 네 명을 낳고 귀하게 얻은 아들이다. 그래서 외할머니께서도 귀한 외손자에게 신발을 자주 사주셨다. 외갓집 옆집이 신발가게여서 그랬던 모양이다. 아무튼 번번이 외할머니한테 새 신발을 선물 받는 오빠가 나는 부럽기

짝이 없었다. 그래서 나도 외할머니로부터 신발을 하나 선물
받아야겠다고 마음먹었다. 초등학교 2학년 때였다.

　어느 날, 나는 가족들 아무에게도 알리지 않은 채 외갓집
으로 향했다. 외갓집 가는 길은 자갈돌이 많은 비포장도로였
다. 발등에 툭툭 차이는 돌들이 발에 상처를 내기도 했다. 신작
로에 버스가 지나갈 양이면 플라타너스 뒤에 숨어 옷을 뒤집어
써야만 했다. 뽀얗게 일어난 흙먼지로 눈썹이 하얗게 되고 얼
굴에 땟국물이 흐르는 걸 피하려면 어쩔 수 없었다. 여름방학
을 앞둔 무더운 날씨였다. 뙤약볕 아래 몇 시간을 걸어 외갓집
에 도착했다. 그 먼 길을 찾아온 어린 손녀의 갑작스러운 방문
에 외할머니가 놀라신 건 당연했다.
　"혼자서 어떻게 왔노? 에구, 더위 먹었을라."
　연신 부채질로 땀을 식혀주시는 외할머니께 나는
　"외할매 보고 싶어서 왔재."
　하며 거짓말 아닌 거짓말로 귀염을 떨었다.

　내가 좋아하는 잔치국수로 저녁을 먹이신 외할머니는 내
손을 잡고 옆집인 신발가게로 가셨다.
　"울 외손녀 발에 맞는 이쁜 운동화 한 켤레 주게."
　내가 계획한 대로, 드디어 바라던 순간이 온 것이다.

그날, 나는 축구화가 아닌 핑크빛 '셸리공주 운동화'를 신고 상기된 표정으로 집에 돌아왔다. 비록 짐 싣는 외삼촌 자전거를 타고 온 처지였으나, 마음만은 만화 속 공주보다 멋지고 당당했다. 아무런 연락도 없이 사라져 걱정하게 만들었다며 언니들은 구박이 심했지만, 나는 방 윗목에 가지런히 놓인 운동화에만 정신이 팔려 언니들 잔소리가 귀에 들어오지 않았다. 설레며 잠 못 이루던 그 밤 내내, 나는 정말 고귀한 신분의 셸리 공주였다. 날이 밝으면 핑크빛 셸리공주 운동화를 신고 화려하게 집을 나설⋯⋯.

건강한 머릿결의 비밀

추석을 며칠 앞둔 이맘때쯤이다. 초등학교 4학년이었던 나와 숙이는 세숫대야랑 두레박을 챙겨서 동네 우물가로 갔다. 숙이는 내게 자기 이모 자랑을 자주 했다. 나는 그 애 이모를 본 적이 한 번도 없었다. 숙이가 들려줘서 일본으로 시집을 갔다는 걸 알 정도였고, 그 이모님이 가끔 숙이네 집에 보내주었다는 신기한 일제 물건들이 부러울 따름이었다.

'울 이모들도 일본으로 시집갔으면 얼마나 좋을까.'

내심 그런 생각을 하기도 했다.

그날, 숙이는 머릿결이 좋아지는 멋진 제품이 있다며 나에게 아침부터 미리 귀띔을 했다. 그리고 오후 어른들 몰래 가져 나왔다고 빨리 공동 우물터로 가자고 했다. 우리는 무슨 대단한 비밀이라도 만드는 아이들처럼 아무도 모르게 그 제품을 써보기로 했다.

가슴은 기대감으로 쿵덕쿵덕 뛰었다.

마을 중간에 위치한 공동 우물은 우리 둘의 키에 비해 너무 높았다. 게다가 가슴팍까지 오는 우물에서 초등학생 둘이 두레박으로 물을 긷는 일은 힘에 부쳤다. 그래도 우리는 끙끙대며 열심히 물을 퍼 올렸다.

"그리고……"

숙이의 설명이 시작되었다.

"머리에 충분히 거품을 내고 싹싹 행구래이. 그래야 이모가 보내 준 이 제품 효과가 좋데이."

비누로 충분이 거품을 낸 후 깨끗이 헹궈내야 한다는 얘기였다.

"그래, 걱정 마라."

우리는 평상시 말표 비누로 머리를 감았다. 아는 사람은 알겠지만 말표비누로 감은 머리카락의 감촉은 형편없었다. 엄마 소의 등을 긁을 때 느껴지는, 그 뻣뻣한 소털 같은 촉감이랄까?

"이제 비눗물 다 없어졌으면 수건으로 싹싹 닦아래이. 물기가 하나도 없도록."

숙이는 행여 일제 헤어로션 효과가 없어질까 신신당부했다. 숙이는 완벽하게 머리카락이 말랐는지 확인했다. 그런 후, 예쁜 통에 든 로션으로 보이는 하얀 액체를 내 손바닥에 부어 주었다. 하얀 액체에서는 기가 막히게 좋은 꽃향기가 솔솔 풍겼다.

그러면서 숙이는 또 교육을 시켰다.

"이거 비싼 거데이. 일본에서만 살 수 있는데 내가 특별히 니한테만 주는 거데이. 그러니까 정성껏 발라야 된데이."

한껏 생색을 내면서 말이다.

작열하는 태양을 머리에 인 우리 둘은 동네 우물가에 앉아서 손으로 정성껏 로션을 머리카락에 펴 발랐다. 영양이 골고루 갈 수 있도록 마사지하는 것도 잊지 않았다.

우리의 비밀 작업은 꽤 오랜 시간이 흘렀다. 세상에서 제일 좋은 머릿결을 가진 나 스스로를 생각하니 행복한 마음은 저녁노을만큼 붉게 타올랐다.

그날 저녁, 언니들은 내 옆을 지나다닐 때마다 코를 킁킁거리며

"이게 무슨 냄새지?"

했다.

나는 시치미를 뚝 뗐지만 자꾸만 비어져 나오는 웃음을 참을 수 없었다.

'흠, 향기가 좋긴 좋은 모양이네!'

아닌 게 아니라 숙이 이모가 보내준 제품은 효과가 정말 대단했다. 소털처럼 뻣뻣하던 머리카락이 갑자기 비단결처럼 매끄러웠다. 그런데 숙이는 일본말로 써진 상품 설명서를 어떻게 읽고 상품의 용도와 사용법을 알았을까?

세월이 한참 지난 후, 그 제품이 머릿결을 좋아지게 하는 헤어로션이 아닌 물로 헹궈내야 하는 린스였음을 알게 되었다.

요즘 많은 사람들이 내 머릿결을 부러워한다. 흰 머리카락도 없고 힘이 빳빳하며 윤기가 흐른다고, 대체 비결이 뭐냐며 묻곤 한다. 생각기로 나의 모발이 건강한 비결은 아마 그때 바르고 씻지 않은 린스의 효과가 아니었을는지.

이맘때면 어릴 적 내 친구 숙이의 안부가 궁금해지곤 한다.

'숙아, 내 인제는 린스 바르면 꼭 헹궈 낸데이. 니도 그렇제?'

그 총각의 첫사랑

나이 마흔 살에 첫 출산을 했다. 결혼하고 십 년 만에 한 임신이었다. 체구가 마른 편이라서 그런지 나는 임신 8개월까지 별로 배가 부르지 않았다. 사람들에게 굳이 임신했다는 사실을 알리지 않는다면 다들 모르고 지나갈 정도였다. 평상시 체중이 46kg로 정도였는데, 아기를 가지고 난 후에는 얼굴에 뽀얗게 살이 올라서 보는 사람마다 예뻐졌다고 했다.

적지 않은 나이에 아기를 가졌지만 나는 출산일 이틀 전까지 운전을 할 정도로 몸도 마음도 다 건강했다.

어느 날, 차에 기름을 넣으려고 주유소에 갔다. 지금은 셀프 주유소가 대세지만 당시만 해도 직원들이 주유를 해주는 곳이 대부분이었다. 그곳도 마찬가지였다. 키가 자그마하고 왜소한 청년이 주유를 해주면서 친절하게 말을 건넸다.

"고객님은 읍내에 사세요?"

"아 네."

잠시 정적이 흘렀다. 그 청년은 다시 나에게

"너무 아름다우세요!"

라는 말을 던지고는 부끄러운지 눈길을 얼른 먼 산 쪽으로 피하는 것이었다.

"하하하. 수고하세요!"

나는 옥타브가 조금 올라간 내 목소리를 느끼며 창문을 올린 후 차를 출발시켰다.

사흘 후, 휴대폰으로 전화가 왔다.

"여보세요?"

"…저…"

상대방의 목소리는 떨고 있었다. 요즘처럼 발신 번호가 뜨지 않던 시절이라서 목소리를 듣고 상대방을 알아내야 했지만, 도무지 떠오르는 얼굴이 없었다.

"여보세요? 죄송하지만 누구세요?"

"…저…000 차주 되시죠?"

문득, 주차해 놓은 차에 무슨 문제가 생겼나보다 하는 불길한 예감이 들었다. 내가 조금 당황한 목소리로

"차에 무슨 문제가 있나요?"

라고 묻자 상대방은 더욱 움츠러들며 선뜻 말을 꺼내지 못했다.

"…저 그게 아니고……"

가만히 듣고 있자니 점점 짜증이 나기 시작했다. 이렇게 미안한 태도로 나오는 걸로 봐서는 분명 전화를 한 쪽에서 내 차를 박은 게 틀림없다는 확신이 들었다.

"여보세요, 아니, 전화하셨으면 빨리 말씀을 하셔야지요."

"…저…사실은 아가씨를 보고 첫눈에 좋아하게 되었습니다."

"……?"

"며칠 동안 한잠도 못 잤습니다."

"……!"

"……제 전화가 많이 당황스럽겠지만, 사실입니다. 저도 이런 마음이 처음입니다. 지금까지 마음에 드는 사람이 한 번도 없었는데, …첫눈에 제 이상형이라고 느꼈습니다."

누군지도 모르는 사람이 내게 대뜸 사랑을 고백하는 거였다. 참으로 황당한 전화가 아닐 수 없었다. 하지만 사람이 사람을 좋아한다는 데야……. 그래서 마음을 누그러뜨리며 다소 부드러운 목소리로 물었다.

"대체 어디서 저를 보셨는데요?"

"……그건 만나서 이야기해요."

그날 저녁, 나는 남편에게 낮에 있었던 일을 이야기했다. 남편은 상대를 모른다는 것은 위험하다는 의견이었다. 그러니 나가서 그 총각한테 밥이라도 사주고, 만삭에 가까운 배를 보여주는 게 낫겠다고 조언했다. 다음날, 나는 총각에게 전화를 걸었다. 그리고 가까운 곳에 있는 한 레스토랑에서 만나기로 약속했다.

총각과 만나기로 약속한 날, 레스토랑의 문을 여는 순간 배따라기의 '비와 찻잔 사이'가 크게 흘러나왔다.

지금 창밖엔 비가 내리죠 그대와 난 또 이렇게 둘이고요
비와 찻잔을 사이에 두고 할 말을 잃어 묵묵히 앉았네요
지금 창밖엔 낙엽이 져요 그대 모습은 낙엽 속에 잠들고
비와 찻잔을 사이에 두고 할 말을 잃어 묵묵히 앉았네요
그대 모습 낙엽 속에 있고 내 모습은 찻잔 속에 잠겼네
그대 모습 낙엽 속에 낙엽 속에 낙엽 속에 잠겼어요

노래는 총각의 마음을 대변하듯이 애절하게 울리고 있었다. 창 쪽에 앉아 있던 말끔한 양복 차림의 남자가 나를 보고 머쓱한 표정을 지으며 어색하게 손을 흔들었다. 나는 환하게 웃으며 그쪽으로 향했다. 그런데 어디서 많이 본 듯한 얼굴이었다.

'아뿔싸!'

며칠 전 주유소에서 본 총각이었다.

"죄송합니다. 너무 마음에 들어 전화했습니다. 혹시 결혼

하신 건 아니시죠?"

총각은 얼마나 긴장을 했는지 손을 부들부들 떨고 있었다.

"총각! 그 이야기는 나중에 하고, 뭐 먹고 싶어? 오늘은 내가 사줄게."

긴장해서 떨고 있는 모습에 미안하기도 하고, 또 순진한 느낌이 귀엽기도 해서 스테이크라도 먹여서 보내야겠다고 생각했다.

"사실은 나……"

나는 코트를 벗어 제법 불룩하게 부른 배를 보여주며 웃었다.

"하하하…… 총각 나 임신 8개월이고, 나이가 벌써 마흔 살이야. 아가씨로 봐줘서 고마워요. 내가 기분이 좋아서 오늘 저녁 총각이 먹고 싶은 거 다 사 줄게요. 마음껏 먹어요."

처음에 그는 깜짝 놀라 어쩔 줄 모르는 눈치였다. 하지만 민망해서 머리만 자꾸 긁적이던 총각도 내가 편안하게 대하는 데 마음이 놓였는지 개인적인 이야기를 자연스럽게 털어놓았다. 그는 서울에서 직장 생활하다가 내려와 주유소에서 잠시 아르바이트를 하고 있다고 했다. 대학도 나왔다는 얘기며, 기름을 넣으면서 창문 안 내 모습이 어찌나 예쁜지 손이 떨려서 주유기를 꽉 잡고 있었노라는 이야기 등을 이제는 옛날이야기처럼 편안하게 들려주었다.

내 모습은 젊었을 때도 남자들에게 그리 매력적이지는 않았다. 짧은 쇼트커트에 깡마른 몸매, 날카로운 눈빛 등 어디 한군데 여자다운 구석이 없었다. 그런데 어떻게 된 노릇으로 나이 마흔에, 그것도 임신 팔 개월인 만삭의 몸으로, 반했다는 남정네의 고백을 받았다는 말인가.

나는 총각더러 열심히 살라며 마치 큰누나처럼 다독여 주었다. 헤어질 때는 일 층에 있는 과일 상회에서 귤도 한 봉지 사서 손에 들려줬다. 총각은 죄송하다는 말과 감사하다는 인사를 연신 반복했다.

나는 그날 이후, 차 앞 유리창에 전화번호를 두지 않는다.

하지만 이제는 아무리 전화번호를 차 앞에 커다랗게 써 붙여 놓는다고 한들 그런 일이 두 번 다시 생길 리 만무하다. 지금은 세월의 살로 얼굴은 오동통하고, 갱년기로 인한 뱃살은 임신 6개월 배는 저리 가라다. 아, 옛날이여!

지금도 우연히 배따라기의 음악이 나오면 만삭의 몸으로 받았던 사랑 고백의 추억이 떠오른다.

참 희한한 세상

새벽 3시, 자료도 찾고 공부도 할 겸 24시 카페로 갔다. 카페 대부분은 10시에서 12시 사이에 문을 닫는다. 때문에 나처럼 시간 가리지 않고 할 일이 있거나, 늦은 시간의 만남과 이야기가 그리운 사람들은 이곳으로 몰려오는 눈치다. 늦은 시간 신천을 걷고 난 이후에 커피 한 잔이 그리울 때, 이야기가 매듭이 안 지어졌을 때, 또는 헤어지기가 섭섭할 때 지인들과 2차로 나 역시 이곳을 즐겨 찾는다. 그런데 오늘도 평상시보다 카페가 조용했다.

"달지 않게 해주세요."

따끈한 핫초코를 주문했다. 얼굴이 익었던 아르바이트 여학생은 안 보이고 곱게 자란 듯한 남학생이 카운터와 주방일을 겸해서 보고 있었다. 늦은 시간에 일하는 모습이 대견해서 나는 웃으며 말을 건넸다.

"학생, 피곤할 텐데 핫초코 한 잔 사줄까?"

아르바이트생은 깜짝 놀라는 표정으로

"아닙니다, 조금 전 간식을 먹었습니다."

라고 대답한다. 짐작건대 새벽 2시까지 손님들이 붐볐을
터이고, 그 시간을 지나 잠시 쉬면서 뭘 좀 먹은 것 같다.

"손님도 없는데 제가 가져다드릴게요. 자리에 계세요."

원래는 진동벨이 울리면 내 쪽에서 주문한 음료를 찾으
러 가야 한다. 대수롭잖은 내 말 한마디가 고마웠던 모양이다.

자리를 잡고 앉았다. 차가운 새벽 공기와 카페 안의 따뜻
한 공기가 만나서 카페 유리창이 뿌옇게 흐렸다. 손으로 하트
라도 그려보고 싶었다. 유리창 너머로 보이는 맞은편 국밥집은
새벽 장사를 하려고 문은 열어놓았지만, 손님은 한 테이블뿐이
다. 국밥집 아줌마는 계산대에 서서 연신 바깥쪽을 내다봤다.
아마 손님을 기다리는 것이리라.

아르바이트생이 김이 모락모락 나는 핫초코를 들고 왔다.
피부가 뽀얗다.

"맛있게 드세요."

라는 말과 함께 수줍게 미소 짓는다. 학생을 보고 있자니
내 머릿속에는 돈 벌로 새벽에 아르바이트 다니는 많은 아이들
의 모습이 그려졌다. 내 자식이나 남의 자식이나 대견하면서도
안쓰럽다는 생각이 먼저 든다.

이런저런 감정들은 추스르고 공부에 집중했다. 내가 가장 몰입이 잘 되는 시간이다. 겨우 한 시간 정도 흘렀을까? 그래도 세 시간 정도 공부한 만큼 효율이 있다고 깨달을 즈음, 출입구 문이 요란스럽게 열렸다. 100킬로그램 정도 되어 보이는 체구에 머리카락은 하나도 없는 민머리의 청년이 팔자걸음으로 들어온다. 그의 손에는 셀카봉이 들려져 있었다.

'어라, 이 늦은 시간에 뭘 찍으려는 거지?'

본인의 모습을 찍는다면 왠지 우스울 것 같다.

'에구머니나!'

내 미모에 반한 건 아닐 텐데, 그 넓은 공간의 다른 많은 자리를 두고 하필이면 내 뒷자리에 앉았다. 갑자기 나의 모든 촉각이 뒷자리로 쏠렸다. 몸이 뚱뚱해서인지 의자 뒤로 젖혀 앉은 채 몰아쉬는 숨소리가 다소 귀에 거슬렸다. 아니다, 뚱뚱한 게 죄는 아니다. 다만 뒷자리에 앉은 사람을 전혀 배려하지 않는듯한 태도가 거슬렸다. 주문하는 메뉴를 보니 산만큼 큰 덩치가 이해가 갔다. 그 늦은 시간에 아이스크림이 듬뿍 든 커피와 소시지가 든 빵을 주문하다니. 게다가 주문한 빵은 소시지가 내 팔뚝만큼 긴 사이즈다. 민머리 뚱뚱한 남자의 건강이 염려되는 내 오지랖을 얼른 거두어들였다.

10분쯤 지나자 20대 후반으로 보이는 남자가 들어오면서 내게 90도 인사를 했다.

'어머, 누구지?'

안경을 벗어 두고 책을 보고 있던 터라 얼른 안경을 다시 썼다. 내 행동이 끝나기도 전에 그 남자는 내 뒷자리 빡빡머리 남자 자리로 가서 앉는다.

'이 시간에 누가 나한테 인사를 한다고.'

혼자 피식 웃었다. 그때부터 시작이었다. 내가 처음 봤던 빡빡머리는 요즘 대구에서 잘나가는 유튜버인 모양이었다. 닉네임을 자기들끼리 이야기하고 조회수를 이야기한다. 나중에 온 총각은 '네, 형님!'이라는 단어를 대화 중간중간에 추임새처럼 사용했다. 몰래 엿듣고 있자니 그런 말투가 신기하기만 했다.

나는 드디어 공부는 접고, 핫초코를 마시는 척하며 뒷자리의 이야기에 본격적으로 귀를 기울였다.

"야! 니 빵 갔을 때, 바닥 청소 어떻게 했어?"

"네 형님! 저는 바닥 청소 당번은 아니었고 사물 정리하고 형님들 뒷수발 들고 했습니다. 형님!"

'큭큭큭⋯⋯.'

화장실 가는 척하고 옆눈으로 봤더니

'세상에나!'

둘은 유튜브를 촬영하고 있었다. 한 사람은 묻고 한 사람은 답하고, 욕을 간간이 섞어가며……. 아마 그날의 소재는 감방 생활인 모양이었다. 두 사람이 나누는 이야기를 한참 듣자니 내가 그 사람들과 함께 감방에 갇혀 생활하는 느낌이 들 정도로 리얼했다. 이런 유튜브를 보며 재미있다고 느끼는 사람이 있으니 찍을 텐데, 감방 생활이 궁금한 사람들의 머릿속은 어떻게 생겼는지 나 역시 궁금했다. 물론 감옥살이한 사람 중에도 나름대로 사정이 있는 이들이 많을 거다. 모조리 싸잡아 그들 모두가 범죄자라며 정죄할 생각은 없다. 하지만 뒤에서 떠들고 있는 청년에게는 딱히 변명거리가 없어 보였다. 그런데도 감방 생활을 한 게 무슨 자랑거리나 되는 것처럼 떠벌이고, 또 그걸 돈벌이로 촬영하는 모습을 보고 있자니 갑자기 공부할 의욕이 뚝 떨어졌다. 얼른 그 자리를 벗어나고만 싶었다.

자리를 정리하고 잔을 반납하는데
"너무 시끄러워서 가시는 거죠?"
학생은 '빡빡이' 쪽을 눈으로 가리키며 죄송하다는 듯 말을 건넸다.
나는 그냥 웃으며 나왔다.

'세상에는 참 희한한 사람들과 일이 있구나.'

새벽 공기가 싸늘했다. 목도리를 눈 밑까지 친친 감고 집으로 향했다. 아침에는 칼칼한 청양고추 몇 개 숭덩숭덩 썰어 넣고 시큼한 묵은지로 얼큰한 김치찌개나 끓여 먹어야겠다고 마음먹었다. 조금 전 보고 들었던 일들을 떨쳐버리고 정신을 온전히 추스르려면 숙취 해소에 좋은 해장국을 먹듯, 개운한 음식이 필요했다. 생각만으로 벌써 입에 침이 돌았다.

이정수

가을의 단상(斷想)

가을이 깊어가는 십일 월입니다. 가을을 일컬어 흔히 조락 (凋落)의 계절이라고 합니다. 초록의 잎이 시들어 떨어지는 한 해의 끝자락에 서 있다는 의미이지요. 하지만 초록은 떨어지기 전에 아름답게 물듭니다. 이는 가을이 조락의 계절이기에 앞서 반성과 결실의 계절임을 의미합니다. 우리 역시 이 가을에 자 신의 지난 삶을 돌아보면서 성찰의 시간을 가져보는 게 어떨는 지요? 건강하고 행복한 삶을 위해 우리가 무언가를 어떻게 해 왔는지 되돌아보는 것이지요. 저마다의 가슴에 삶의 가치와 꿈 은 비록 다르겠지만 건강하고 행복한 삶을 바라는 마음은 같을 겁니다. 행복의 여정을 가고 있는 우리네 삶은 지금 어디쯤 어 떤 모습으로 서 있는 걸까요?

'러너스 하이(Runner's High)'라는 말이 있습니다. 러너스 하이는 달리기를 일정 시간 이상으로 하면 얻어지는 쾌감을 일 컫는 용어입니다. 그런데 기부와 봉사를 하면 이와 비슷한 쾌감이 생성된다는 연구가 있어서 눈길을 끕니다. 기부와 봉사로 사랑을 나눌 때 마치 마라토너가 느끼는 희열과도 같은 정신 건강이 저절로 따라온다는 얘기입니다. 참으로 신기한 일입니다.

예로써 지난 1996년, 하버드 의과대학에서는 재미있는 실험을 진행했다고 합니다. 학생들에게 데레사 수녀의 일대기를 그린 영화를 보여주었는데요, 그 결과 실험에 참가한 모든 학생들의 면역항체인 IgA 수치가 실험 전보다 훨씬 더 높게 나타났다고 합니다. 이러한 효과는 아예 '마더 데레사 효과(The Mother Teresa Effect)'라는 용어를 만들어 내기도 했습니다. 이 용어는 직접 선행을 하거나 남의 선행을 지켜보는 것만으로도 신체의 면역기능이 향상된다고 해서, 한평생을 봉사와 사랑으로 삶을 마감한 데레사 수녀의 이름을 따 붙인 것입니다. 이타적인 삶의 실천이 타인뿐만 아니라 자신의 삶까지 행복하게 만든다는 사례네요. 데레사 수녀의 아름답고 헌신적인 삶이 우리에게 죽비 소리로 깨우치게 만드는 교훈입니다.

한의학에서는 의사가 갖추어야 할 덕목 가운데 어진 마음을 지녀야 한다는 '존인심(存仁心)'을 최우선의 가치라고 가르칩니다. 이는 비단 한의사뿐만이 아니라 사람이라면 모두가 지녀야 할 고귀한 정신입니다. 어진 마음을 달리 이르는 표현은 배려(配慮)와 사랑입니다. 타인에 대한 배려와 사랑은 만물의 영장인 사람을 사람답게 하는 정체성의 기준인 리트머스

와 같습니다.

　　우리의 생활 습관이 건강을 절대적으로 좌지우지(左之右之)한다는 걸 모르는 사람은 없을 겁니다. 잘못된 생활 습관으로 인해 당뇨병과 고혈압 등의 성인병이 흔한 사례들만 봐도 충분히 알 수 있는 사실입니다. 건강한 식습관과 꾸준한 운동, 여기에 더해 평상시 범사(凡事)에 감사하고 타인을 배려하는 마음이 시나브로 선업(善業)이 될 것입니다. 한 말씀 덧붙이자면 지나친 음주와 흡연은 금물입니다. 음주와 흡연이 우리의 몸과 마음을 얼마나 피폐(疲弊)하게 만드는지요!

　　건강한 삶을 위해 우리는 체질에 맞는 음식과 적당한 운동으로 심신의 균형(均衡)을 유지하여야 합니다. 자연적인 삶을 추구하는 지혜에 더해, 다른 사람들에게 넉넉히 베푸는 여유(餘裕)로 내면의 편안함을 얻는 삶을 추구하셨으면 합니다. 남을 돕는 삶이 결국 돌고 돌아 나 자신에게 건강과 행복을 선물한다는 걸 잊지 말았으면 합니다. 잘못된 습관이 아닌 좋은 습관으로 우리의 몸과 마음을 웰-빙(Well-Being)하여 생명력이 향상되는 가을을 보내시기 기원합니다. 해서 다가올 추운 겨울에는 우리의 어려운 이웃을 생각하며 겸손과 자비심(慈悲心)이 함께하는 따뜻한 나눔을 펼치는 우리의 모습을 떠올려 봅니다.

　　행복한 삶은 항상 우리 곁에 있고, 행복하기란 마음먹기에 달려 있다고 합니다. 외부의 환경에 일희일비(一喜一悲)하기보다는 매사에 감사하는 마음과 남을 위한 기부(Giving)와 봉사의 삶이 우리를 행복하게 할 것입니다. 가을이 깊었습니다. 우리 모두 몸과 마음이 힐링(Healing)되는 혁명의 계절을 꿈꾸어 봅니다.

기부와 이타적 유전자

'가난한 부자'라는 말은 역설이다. 역설이란, 겉으로는 모순이지만 실상은 그 속에 깊은 진실이 숨어 있다. 가난한 부자라는 역설은 두 가지 상반된 진실을 가진다. 부자이면서도 베푸는 데는 인색하기 짝이 없어서 정신적으로 가난하다거나, 남에게 많이 베풀고 보니 정작 자신은 소득에 비해 가난하게 살아간다는 의미가 그것이다. 우리도 혹 가난한 부자는 아닐까? 그렇다면 전자의 부자일까, 아니면 후자의 부자인 걸까?

지난 11월 말, 올해도 어김없이 '사랑의 온도탑'이 등장했다. 해마다 사랑의 온도탑에 쏠리는 사람들의 관심은 지대하다. 올해엔 몇 도나 달성될까?'라는 기대와 관심을 가지고 사랑의 수치를 바라본다. 이러한 까닭에 사람들은 '목표액'에 은근히 매달리게 된다. 이 온도탑은 사회공동모금회의 기부금 목표액 1%가 모일 때마다 1도씩 올라간다고 한다. 올해 목표는 3,994억 원이다. 8일 현재 서울 광화문 광장에 설치된 '사랑의 온도탑'은 전국에 걸쳐 87.8도에 머물렀다는 소식이 들려온다. 아쉽게도 이러한 기부 상황은 다소 부정적이다. 경제적 불황과 함께 '기부 한파'가 찾아온 느낌이다.

기부 한파는 대개 불황과 관련이 있지만, 사회적으로 물의를 일으킨 사건들로 인해 불신의 뿌리가 깊어진 것도 원인 중 하나다. 예컨대 '어금니 아빠' 사건은 선한 마음으로 어려운 이웃을 돕고자 했던 많은 이들에게 분노와 충격을 안겨준 사건이었다. 이 사건의 주인공인 이영학은 『어금니 아빠의 행복』이라는 책을 써서 많은 매체에 출연하여 그 사연이 알려진 인물이다. 병을 앓는 딸을 위해 살아가는 아버지라는 천사의 탈을 썼으나, 그는 실상 사람들이 딸의 치료비로 준 기부금으로 외제 승용차를 여러 대 몰고 다닌 사기범에 추악한 성범죄자였다. 외에도 '최순실 국정 농단' 등 공익재단의 잇따른 일탈 등이 '기부 포비아'를 확산하는 데 기여했을 터이다. 이러한 일련의 사건들로 말미암아 어려운 우리의 이웃을 돕겠다는 순수한 마음에 불신이 자리 잡을까 걱정이다.

하지만 세상이 그렇게 냉담한 것만은 아니다. 지난 27일, 구세군 자선냄비에 역대 최고 금액인 1억 5,000만 원 상당의 수표가 들어왔다. 구세군은 자선냄비 모금액을 수거하는 과정에서 5,000만 원짜리 수표 3장을 발견했다고 밝혔다. 이 수표는 24일 서울 송파구 잠실동 롯데백화점 앞에 있는 자선냄비에 누군가가 넣은 것으로 알려져 세간의 호기심을 불러일으켰다. 수표 세 장 모두 남양주농협에서 발행된 것으로, 일련번호가 이어져 있어 한 사람이 기부한 것이 확실하다는 게 구세군의 설명이다. 하지만 누가 기부했는지는 끝끝내 알려지지 않았다.

가슴 훈훈한 미담은 또 있다. 성탄절을 이틀 앞둔 지난 23일, 대구 사회복지공동모금회에는 '대구 키다리 아저씨'로 알려진 얼굴 없는 이가 또다시 거액을 기부해 왔다. 그는 2012년 1월과 12월에 익명으로 한 거액의 기부를 시작으로, 그로부터 6년간 일곱 차례에 걸쳐 나눔을 실천하였다. 매년 1억 원 이상을 기부한 이 키다리 아저씨는 지금까지 8억 4천여만 원을 기부하여 개인 성금으로는 그 액수가 가장 많다고 한다. 소외된 이웃을 돕기 위한 그의 선행이 어디까지 이어질지 자못 궁금해진다.

성경은 네 오른손이 하는 일을 왼손이 모르게 하라고 가르친다. 이는 남들 앞에 자랑하려고, 훈장처럼 달고 다니기 위해서 하는 선행을 경계함이다. 자선냄비에 거액을 기부한 기부자나, 대구 키다리 아저씨와 같은 이의 이웃 사랑은 우리에게 삶의 아름다움을 일깨우기에 충분하다. 고 김수환 추기경은 "사랑이 머리에서 가슴까지 내려오는 데 70년이나 걸렸다."라고 했다. 그만큼 머리로 남을 도와야 한다고 생각하기는 쉬워도 실제로 이를 실천하기란 어려운 법이다.

그러나 오늘날 인류가 이만큼 번성할 수 있음도 인간이 이기적인 본성을 극복하고 이타적인 삶을 실천했기에 가능한 일이다. 이를 증명하듯, 최근 언론보도에 따르면 독일 본 대학의 한 연구팀이 이타심과 관련된 유전자를 발견했다고 한다. 'COMT'라고 명명된 유전자로, 사람에게는 이와 관련한 유전자가 세 가지 유형으로 나뉘어 있다고 설명한다. 세 가지 유형 중 두 개 유형은 남을 돕는 행위와 밀접한 관계가 있고, 나머지 한 개 유형은 타인에게 상대적으로 인색한 기질과 관련이 있다는 것이다. 요컨대 COMT 유전자가 많이 활성화될수록 기부를 자주 하고 기부액도 크다고 한다. 지난 IMF 때에 온 국민이 참여한 금 모으기 운동을 비롯하여, 우리 국민은 최근 포항지역에서 발생한 지진과 같은 재난이 터질 때마다 누가 먼저랄 것도 없이 어려운 이웃에게 손을 내민다. 그렇다면 우리 민족은 이미 이타적 유전자를 지녔다고 할 수 있다. 우리 모두 이타적 유전자를 천성으로 물려받은 것이다.

다음은 사회복지공동모금회에 도착한 손 편지의 사연이다. 편지에는 삐뚤삐뚤한 글씨로 이렇게 쓰여 있었다.

"안녕하세요. 저희는 제천 동명초등학교 3학년 강나연, 5학년 김문주입니다. 얼마 전 기부 포비아라고 적힌 기사를 봤습니다. 지금은 기부 포비아가 아니라 기부 폭염이 와야 합니다. 기부 폭염이 오려면 시작을 해야 하니 하나하나 사랑과 관심을 선물해 드리며…"

어린 초등학생 두 명이 과학전람회에서 수상해 받은 장학금 사십만 원과 함께 보내온 손 편지다. 진정 장하고 갸륵한 일을 행한 아이들에게 뜨거운 박수를 보낸다.

사람의 향기는 사랑의 실행(實行)과 비례(比例)한다고 여겨진다. 주역의 문언전(文言傳)에는 "적선지가 필유여경(積善之家 必有餘慶)"이라 하여 "선한 일을 많이 한 집안에는 반드시 남는 경사가 있다."라는 경구가 회자(膾炙)되고 있다. 어려운 이웃을 향한 사랑은 가정뿐 아니라 대한민국의 미래에 대한 밝은 약속이다. 아름다운 선행(善行)이 있는 한, 행복한 사회로 가는 길은 멀지 않다.

내 인생의 보약

제14호 태풍 '난마돌'의 영향으로 강한 바람이 불고 흐린 날씨다. 날씨가 맑던 어제는 오랜만에 앞산공원 자락길의 달비골 평안동산까지 맨발 걷기로 산행을 감행했다. 이곳은 6·25 동란 때 피난을 내려온 평안남도민들이 십시일반 돈을 모아 산 땅으로, 땅의 소유주가 아니라도 시민 누구나 사용할 수 있게 허락된 공간이다. 그들의 배려에 감사할 따름이다. 땀도 식힐 겸, 울창한 참나무 숲의 쉼터에 앉아 하늘을 쳐다봤다. 머리 위에 하늘을 인 맑은 숲의 정경에 절로 가슴이 환해졌다. 지난번 도서관에서 했던 강연의 주제이기도 했던 '심보(心補)'가 생각났다. 평안동산에서 내가 누리는 평안은 얼굴도 모르는 이들이 내게 베푼 호의로 말미암은 게 아닌가? 나는 대구 시민들을 위한 평안남도민들의 호의에 '심보'라는 보약 이름을 붙여 주기로 마음먹었다.

지난 7월 중순, 범어도서관 'BRAVO 마이 라이프 아카데미' 프로그램 담당자로부터 문자 한 통을 받았다. "다름 아니라 저희 도서관에서 문화, 건강, 경제 등 분야별 전문가를 모시는 특강을 준비 중에 있는데 원장님께 강연을 부탁드리고자 연락드립니다."라는 메시지였다. 담당자는 강의 주제로, 〈내 인생의 보약(체질 올바르게 알기 등)〉으로 건강과 관련된 내용을 요청했다.

전화를 받은 날로부터 강연 일까지는 2개월 남짓 여유가 있었다. 해서 강의에 대해 틈틈이 생각하면 충분하겠지 싶었다. 하지만 생각만큼 쉽게 풀리지 않아서, '보약'을 화두로 삼은 주제는 한참이나 제자리걸음이었다. 그럭저럭 어느새 시간이 흘렀고, 강의 하루 전날에야 겨우 '인생에서 보약은 무엇일까'라는 주제를 중심으로 한 강의 내용을 PPT로 완성할 수 있었다. '내 인생의 보약'이라는 주제에 맞게, 내 삶의 경험과 임상을 통한 한의학적 지혜로서 한약(보약)의 의미를 짚어보는 데 포커스를 맞추자는 게 내 계획이었다.

이날, "우리의 삶에는 나만의 보약이 있다."라는 말로 나는 강의를 시작했다. '잠이 보약'이라고 하는 것처럼, 사람들은 흔히 '밥이 보약', '운동이 보약', '도네이션(봉사)이 보약', '웃음이 보약', '독서(책 읽기)가 보약'이라고 말하기 좋아한다. 이처럼 무엇이 몸에 좋은 보약인가는 저마다 천차만별이지만, 결국 '보약은 건강하고 행복한 삶을 위한 지혜가 내포된 말'이라는 말로써 강의를 풀어나갔다.

그날의 강의를 요약해보자. 우리 한의학의 바이블인 『황제내경』은 보약을 삼보(三補)라 하여 심보(心補), 식보(食補), 약보(藥補) 등으로 분류하여 정의하고 있다. 이러한 양생의 지혜 속에서 우리의 선조들은 건강하고 장수하는 삶을 영위하였다. 이뿐 아니다. 보약은 단순히 몸의 기력을 도울 뿐만 아니라 면역력을 회복한다는 의미를 지녔다. 한의학에서 보약의 개념은 신체의 조화와 균형으로 정기인 면역력을 높여 예방의학의 개념인 '병이 오기 전에 다스린다.'는 '치미병(治未病)' 사상으로 귀결된다. 결론적으로 몸의 정기를 유지하려면 긍정적인 사고와 겸손과 배려하는 마음, 그리고 청부(淸富)의 삶을 통해 이타(利他)하는 마음, 올바르고 좋은 인간관계를 유지하는 태도, 독서의 생활화 등으로 건강하고 행복한 삶을 살아가는 지혜가 필요하다. 이러한 일상에서 실천하는 올바른 행위가 결국 나에게 마음과 몸을 돕는 보약으로 작용하는 것이다.

그렇더라도 나는 우리네 인생에서 가장 좋은 보약은 뭐니 뭐니해도 자신에게 위안이 되고 평안한 마음이 되는 심보가 최우선이라 말하고 싶다. 심보야말로 삶의 최고 덕목이자 공동의 가치로 삼을 만하다고 여겨지는 것이다. 이 글 역시 인생의 생로병사(生老病死) 속에서 한의학의 지혜인 보(補)의 진정한 의미를 깨닫게 하는 기회가 되었으면 하는 게 나의 솔직한 심정

이다. 심보야말로 우리네 삶을 건강하고 아름답게 하는 최고의
보약임을 나는 믿어 의심치 않는다.

강의 끝에 문수현 시인의 「홀로 아름다운 것은 없다」를 낭
송했다. '심보'의 효능을 전하려는 나의 마음이 그날 참석한 이
들 모두에게 가닿기를 소원하며…….

산이 아름다운 것은
바위와 숲이 있기 때문이다
숲이 아름다운 것은
초목들이 바람과 어울려
새소리를 풀어놓기 때문이다
산과 숲이 아름다운 것은
머리 위엔 하늘
발밑엔 바다
계절이 드나드는 길이 있기 때문이다.
세상이 이토록 아름다운 것은
해와 달과 별들이 들러리 선
그 사이에 그리운 사람들이
서로 눈빛을 나누며 살고 있기 때문이다.

그날의 강의를 블로그에 게재하자, "보약의 의미를 되짚어

보게 되었습니다. 제 인생도 누군가에게 보약이 될 수 있게 살아야겠습니다."라며 따뜻하게 공감해주는 피드백이 왔다.

'심보'라는, 보약이 지닌 효능을 일찌감치 깨달은 이가 쓴 글이었다.

사유원을 다녀오다

'2022 수성구희망나눔위원회 감성 충전, 낭만 가득, 가을 나들이'

지난 시월 말경, 대구 수성구희망나눔위원회는 군위 사유원(思惟園)으로 단합대회를 다녀왔다. 사유원은 맑고 푸른 가을 하늘 아래, 만산홍엽으로 둘러싸인 곳이었다. 아담하고 고즈넉한 그곳 풍경은 낯선 방문객들에게 가을의 정취를 느끼게 하기에 충분했다.

사유원의 초입에 들어선 순간 만나는 곳이 치허문(致虛門)이다. 솔숲으로 이루어진 이곳은 극도의 비움을 의미한다고 해설사는 설명했다. 그는 우리나라에 '군사 군(軍)'이 들어간 지역은 이곳 군위와 군포 두 곳밖에 없으며, 군위는 전쟁과 관련된 역사를 안고 있는 지역임을 상기시키는 것 또한 잊지 않았다.

다음 장소는 모과원이었다.

"이곳 모과나무 정원에는 육천여 평 부지에 수령이 최소 삼백여 년 이상부터 최고 육백여 년 된 모과나무가 일백여덟 그루가 있어요."

　해설사의 해설에 따르면 모과원은 일명 '풍설기천년(風雪幾千年)'이라 부르기도 한단다. 이는 천년을 가는 모과 정원이 되라는 의미라고 한다. 또한 하루 수용 인원을 이백 명으로 제한한 것도 사유원의 본래 취지에 따른 것이라며, 세계적으로 유명한 건축가의 작품을 이곳 군위에서 감상하는 것 역시 행운이며 의미가 있다는 해설을 곁들였다.

　풍설기천년 상단에 위치한 전망대인 팔공청향대(八公清響臺), 새 둥지 전망대라는 소대(巢臺), 허공을 가른다는 뜻의 능허대(凌虛臺), 사색하는 연못인 사담(思潭), 그 측면에 새들의 수도원으로 조사(鳥寺)가 자리 잡고 있었다. 다음으로 인상적인 곳은 명정(瞑庭)이었다. 이곳은 눈앞에는 물이 흐르는 망각의 바다와 붉은 피안의 세계가 공존하는 형식을 갖춘 곳이었는데, 삶과 죽음의 경계를 나타내며 영생을 생각한다는 의미를 지닌 건축물이었다. 여기에 더해 '멀리 소백산을 바라보며 마음을 씻는' 소백세심대(小百洗心臺)가 자리했다. 공자가 살구나무 언덕에서 가르쳤다는 것에서 유래한 전망대 '행구단(杏丘壇)', 전통 한국정원인 '유원', 한국 전통 정자 '사야정(史野亭)' 등도 소담한 풍경으로 우리 일행을 맞았다.

　"자연스러운 게 더 좋은 데 인위적인 작가의 작품이 있어서 좀 아쉽다."

"아니, 그래도 이렇게 좋은 곳을 볼 수 있으면 고맙지요."

"비판만 하지 말고 좋은 쪽으로만 생각합시다."

아름다운 사유원의 자연경관에 뜬금없이 어느 건축가의 콘크리트 건물이 들어선 것을 놓고 위원들의 생각은 분분하게 나뉘었다. 한 사물을 두고 각자 보는 눈이나 생각에 따라 인식이 천차만별이듯 세상 이치도 그러할 것이다. 그래도 이러한 가을날 자연스러운 풍광을 감상할 수 있음에 더 큰 의미를 두자는 쪽이 대세였다. 이렇듯 의견은 나뉘었어도 오늘의 추억을 사진으로 간직하려는 모습들은 하나같았다.

어느 동(洞) 위원장님은 "산이란 산을 많이 다녀 봤지만, 이제껏 이렇게 아름답고 평화로운 경치를 간직한 산은 볼 수 없었다."라며 감탄사를 연발했다. 나도 "그렇다"라고 연신 맞장구를 쳤다. 우리 일행은 자연의 풍광을 가슴에 담으며 감국이 만개한 오솔길을 따라 다음을 재촉했다.

사유원 안의 숲길을 걷노라니 장자의 사상을 담은 건축물 소요헌(逍遙軒)이 나타났다. 소요헌이라는 명칭은 장자의 소요유에서 왔으며, 우주와 하나 되어 편안하게 거닌다는 의미라고 한다. 사유(思惟)의 사전적 의미는 대상을 두루 생각하는 일. 철학 개념, 구성, 판단, 추리 따위를 행하는 인간의 이성 작용을 뜻한다. 사물을 생각하고 판단하며 추리하는 등의 일련의 사고 과정은 인간만의 전유물이라. 여기서 '인간은 생각하는 동물'이라는 닉네임이 비롯했는지도 모르겠다. 사유원을 둘러보며

자연의 깊은 은혜에 탄복할 무렵, 천상병 시인의 '귀천(歸天)'이
라는 시가 절로 떠올랐다. 이날의 행사가 내게는 어린 시절의
소풍만큼이나 즐거웠기에 떠오른 시였으리라.

> 나 하늘로 돌아가리라
> 새벽빛 와 닿으면 쓰러지는
> 이슬 더불어 손에 손을 잡고,
> 나 하늘로 돌아가리라
> 노을빛 함께 단둘이서
> 기슭에서 놀다가
> 구름 손짓하며는
> 나 하늘로 돌아가리라
> 아름다운 이 세상
> 소풍 끝내는 날
> 가서, 아름다웠더라고 말하리라

자연의 은혜를 예찬하며 가을을 만끽하고 돌아서니 어느
새 겨울이 성큼 다가와 있다. 입동(立冬)이 지난 요즘, 각 가정
은 김장 준비로 분주하다. 대입 수험생을 둔 집안이 바짝 긴장
하는 시기이기도 하다. 자녀들의 '합격 기원'을 위해 사찰과 성
당과 교회 등에서 기도하는 이들의 모습이 자주 눈에 띈다. 낙
엽이 바람에 뒹구는, 그야말로 겨울의 문턱에 와 있는 것이다.

하지만 혹한의 겨울이 가까움은 만물이 생동하는 봄이 또한 멀지 않았음을 의미한다. 이러한 생각은 일전에 다녀온 사유원이 내게 가르쳐준 사유의 힘이 아닐까? 해서 다가오는 겨울은, 사유의 깊이를 더함으로써 봄을 준비하는 기회로 삼아보려 한다.

행복한 삶을 위한 지혜

얼마 전, 지역민을 위한 특강에서 "오복(五福)이 뭐예요?" 하고 물은 적이 있다. 누구는 "이빨(치아)이 건강하고 눈이 밝고 귀가 잘 들리고 냄새를 맡을 수 있고 맛을 느끼는 것"이라 하는가 하면, 어떤 수강생은 "초복, 중복, 말복"이라는 기가 막힌 답을 내놓는 이도 있었다. 나중 대답한 이에게 "남은 두 가지 복은 뭡니까?"라고 물으니 얼떨결에 그는 "광복, 행복"이라 하여 좌중(座中)을 한바탕 웃게 만들었다. 그래도 나는 그가 마지막에 덧붙인 '행복(幸福)'에 칭찬을 아끼지 않았다.

개중에는 유교의 5대 경전 중 하나인 서경(書經)의 오복(五福)을 정확히 기억하고 계신 분도 있었다. 서경에서 말하는 오복이란 장수의 복인 수(壽), 살아가는 데 불편하지 않을 만큼의 풍요함을 뜻하는 부(富), 몸과 마음이 건강하고 깨끗한 상태에서 편안하게 사는 복을 일컫는 강령(康寧), 남에게 베풀고 남을 돕는 유호덕(攸好德), 일생을 평안하게 살다가 고통 없이 평안하게 생을 마칠 수 있는 죽음의 복인 고종명(考終命)을 말한다. 사람들이 이처럼 큰 복으로 여겼던 오복 중에서 한국인은 적어도 하나는 이뤄진 것으로 보인다. 그것은 바로 장수의 복인 수(壽)다.

　최근 영국 임페리얼칼리지 보건대학 연구진과 세계보건기구(WHO)가 경제협력개발기구(OECD) 35개국을 대상으로 2030년 기대수명을 분석한 결과에 따르면 한국 남성 84.1세, 여성 90.8세로 모두 세계 1위 장수국가가 될 거라고 했다. 이는 2015년 남성 79세, 여성 85.2세로 기대수명은 82.1세(11위)보다 5.35년 증가한 수치다. 이처럼 한국인의 기대수명이 높게 나타난 이유는 미국 유럽 등 선진국에 비해 비만 인구 비율과 혈압이 낮고. 한국의 질 높은 의료 수준과 높은 의료시설 접근성 또한 주요 요인으로 꼽혔다고 한다.

　그러나 이러한 장수의 복 뒤에는 '건강수명'이 그에 미치지 못한다는 그늘이 짙게 드리우고 있다. '건강수명'은 삶의 질을 가늠하는 요소인 운동능력, 자기관리, 일상 활동, 통증, 불안·우울감 등 다섯 가지 항목을 고려한 것으로, 한국인의 건강수명은 2015년 기준 73. 2세다. 이는 한국인이 평생을 살면서 적어도 팔 년에서 구 년 정도는 온갖 질병에 시달린다는 얘기이기도 하다. '백세인생'이라 하여 건강이 최대의 화두로 등장한 현실이 이런 사실을 고스란히 방증한다. 이러니 무조건 오래 사는 것이 과연 축복인지는 깊이 생각해 볼 문제다.

보건복지부에 따르면 "올해 5월 기준 우리나라 치매 환자는 72만4,000여 명으로 추정되며 유병률은 10.2%"라고 한다. 60~69세의 경우 100명당 3명 정도에서 치매가 발병했고 70~74세에서 6명(이하 100명당), 75~79세 12명, 80~84세 25명, 85세 이상에서 무려 40명이 발생했다는 것이다. 치매 환자가 늘어나면서 들어가는 비용도 매년 늘고 있다. 2015년 치매 환자를 위한 총관리비용은 13조2,000억 원, 2020년엔 18조 8,000억 원으로, 2040년에는 무려 63조 9,000억 원이 들어갈 거로 추산한다. 치매는 본인은 물론이고 가족 모두가 불행한 삶을 살아갈 수도 있는 질병이다. 범국민적 대책이 절실한 까닭이다.

여기에 심심찮게 보도되는 '자살'까지 더해지면 그야말로 한국 현실의 암담한 목록에 마음이 편치 않다. 치매나 자살이 비록 내 주위에서 일어나는 일이 아니라 하더라도, 한국인이라면 동병상련(同病相憐)의 안타까움을 갖는 게 당연할 것이다.

예컨대 지난 2010년을 들여다보자. 대한민국은 경제협력개발기구(OECD) 국가 중 부끄럽게도 자살률 1위를 기록했다. 이는 인구 10만 명당 31.2명으로, OECD 평균 12.8명의 2.4배에 해당하는 42.6명이 매일 스스로 목숨을 끊는 실정이다. 주목할 부분은 스스로 목숨을 끊은 1만 5천 566명 중 28.1%인 4천378명이 65세 이상 노인이라는 점이다. 노인 자살률은 하루 81.9명으로 전체 평균의 무려 2.6배에 달하는 것이다. 노인일

수록, 그리고 농촌으로 갈수록 자살 문제가 심각한데, 이러한 노인 자살의 원인은 경제적 빈곤이 가장 많고 그다음은 건강 악화나 외로움, 우울증 등이 원인이라고 한다.

하지만 치매와 자살 등으로 일그러진 작금의 한국 사회 모습에 아연실색(啞然失色), 멍하니 손을 놓고 있기란 우리의 양심이 허락하지 않는다. 개인을 비롯한 사회적 구성원 모두가 건강하고 행복한 삶을 위한 지혜를 실천하여 '건강수명'을 연장하는 건 물론이고, 치매와 자살을 예방하는데 디딤돌이 될 수 있다면 어떤 노력이든 아끼지 말아야 할 것이다. 그렇다면 '나'라는 개인부터 '건강수명'을 위해 어떤 노력을 기울여야 할까? 우리 선조들에게서 그 교훈을 구해보자.

첫째, 마음의 젊음을 유지해야 한다. 노년에 접어든 이들의 표정은 하나같이 무표정하다. 몸이 늙어 버리면서 마음도 늙어 버린 이가 대부분이기 때문이다. 우리의 전통 의학인 한의학은 몸과 마음이 하나라는 '心身一如(심신일여)를 강조한다. 이는 마음이 편안할수록 육신(肉身)의 고통은 그만큼 멀어진다는 의미다. 나이는 숫자에 불과하다는 말이 있지 않은가. 마음이 항상 젊음을 간직한다면 몸도 절로 건강해지기 마련이다. 몸과 마음이 조화를 이루어 질병의 고통으로 벗어나는 삶이야말로 행복의 지름길임이 자명(自明)하다.

둘째, 잘못된 생활 습관을 바로잡아야 한다. 잘못된 생활 습관은 만성·퇴행성 병이나 면역계 질환으로부터 결코 자유롭지 못하다. 무절제한 과음이나 흡연이 얼마나 무서운 질병을 가져오는지 생각해 보라. 한의학에서는 인체에 병(病)이 오기 전에 미리 몸을 다스리는 '治未病(치미병)'의 자세를 가르친다. 건전한 생활 습관을 유지하려는 예방의학적 삶의 자세는, 건강을 유지하고 멋진 삶을 향유하기 위한 필수 조건이다.

셋째, 항상 제철 음식과 자기의 체질에 맞는 음식을 골라 먹는 지혜(智慧)를 발휘하는 것 역시 건강을 위한 기본적인 노력 가운데 하나다. 이렇듯 우리 선조들은 건강하고 행복한 삶을 위해 정신적·육체적 균형이 이루어져야 함을 역설했다. 절제된 생활 습관으로 '양생(養生)의 도(道)'를 가르쳐준 옛사람의 슬기를 본받으며 실행한다면 건강한 삶을 영위하기란 생각보다 쉬울지 모르겠다. 모든 것은 마음먹기에 달려있다지 않은가. 매사에 긍정적이고 겸손하기를 추구하자. 주어진 현재의 환경에 만족하면서 열정적이고 배려하는 철학으로써 삶을 가꾸어 나간다면, 몸과 마음이 조화로운 건강하고 행복한 삶이 우리를 기다리고 있을 것이다.

4월 따뜻한 봄날, 벚꽃 지고 복사꽃이 필 무렵 청도에서 북 토크를 했다. 일곱 명 예비 작가들이 참석해 자신의 글을 살짝 맛보여 주는 자리였다. 그렇게 출범한 예비 작가들이 근 6개월간 일주일에 한 번씩 만나는 것으로도 모자라 온라인에서 읽고 쓰고 토의하며 완성한 원고들 가운데 5편을 최종적으로 골라 싣기로 했다.

우리 일곱 작가의 글은 어릴 적 추억이나 친정엄마에 대한 그리움, 가족의 사랑, 여행 등을 소재로 사람의 정(情)이 느껴지는 다양한 레퍼토리가 실려있다. 작가들이 살아온 인생이나 환경은 비록 달라도 이모든 것은 '가족'이라는 울타리 안에 녹아 있다. 그냥 추억으로 간직해도 좋지만 이렇게 활자로 세상에 나온다면 모두의 공감대가 마련되느니만큼 기쁘기가 한량없을 듯하다.

청도에서의 북 토크를 새삼 떠올려 본다. 봄빛 찬란했던 그날이 아름다운 추억으로 남았듯, 이 책 또한 새로운 추억으로 남을 것이다. 성심을 다해 우리의 삶을 기록한 예비 작가들의 열정을 함께 읽어 나갔으면 한다.

—

윤숙정

—

버드나무
산나물
혹시 사람 맞나요
아부지, 저도 공범입니더
서당이 전하는 말

버드나무

　마을 입구에 버드나무 한 그루가 있었다. 수령이 백 년은 더 된 듯했다. 나무 둥치엔 딱따구리 집이 웅덩이처럼 움푹, 패여 있었다. 고목의 품이 얼마나 넉넉하던지 한여름 태양을 가려주니 아이들에게는 땅따먹기나 공기놀이하는 놀이터로 그만한 장소가 없었다. 이른 아침, 우리는 십 리 길을 걸어서 함께 등교했다. 상급생인 언니 오빠들은 버드나무가 있는 어귀에서 동생들을 기다렸다가 데리고 학교로 무리 지어 갔다. 버드나무는 그런 간이역 같은 곳이었다.

　내게는 세 살 터울의 오빠가 있다. 그때만 해도 산아 제한을 하던 시절이라 아들딸 구별 말고 둘만 낳아 잘 기르자는 포스터가 관공서 벽마다 붙어 있던 때다. 엄마는 농사일에, 종가의 종부로 일에 치이어 허리가 휘어지던 때라 자식 욕심까지는 없었던가 보다. 세 남매라고 해도 아래 남동생은 내가 초등학교에 입학하던 해에 태어났으니 말이다. 내게 오빠는 마을 입구에 있는 아름드리 버드나무같이 넉넉한 존재였다.

학교까지는 십 리 거리다. 우리는 기찻길을 따라 학교를 오갔다. 기찻길이 가장 지름길이기 때문이다. 간간이 강을 지날 때면 철길 아래 까마득히 강물이 보여 무서워서 발을 떼려다 말고 떼려다 말기를 여러 번 했다. 그때마다 오빠는 나를 업고 철길을 건너 주었다. 등에 업혀 있으면 오빠의 다리가 후들거리는 게 느껴졌다. 왜 오빤들 무섭지 않았겠는가. 철길은 검은 기름을 먹인 침목이 레일 사이에 걸쳐져 있었다. 그냥 걷기도 힘든 침목 위를 오빠보다 몸이 통통했던 나를 업고 건너기란 여간 힘들지 않았으리라.

아버지는 종가의 종손인 오빠를 아주 엄하게 키우셨다. 나는 뭐든 잘 먹고 둥글둥글 모난 곳이 없이 무난한 성격이었지만, 오빠는 그렇지 못했다. 어릴 때는 체격도 왜소하고 입이 짧아 밥상 앞에서 자주 혼이 났다. 오빠가 밥상머리에서 눈물을 뚝뚝 흘릴 때면 그런 모습이 안쓰러워 아버지가 밉기만 했다.

삼촌이 둘 있었다. 큰삼촌은 오빠보다 여덟 살이, 작은삼촌은 고작 네 살이 많았다. 장손인 아버지는 농사지어 집안 대소사 일을 쳐냈다. 늦게 얻은 두 동생과 삼 남매를 가르치는 것에도 전력을 다했다. 하지만 늘 힘에 부쳤다. 육성회비가 밀리는 것은 다반사였다. 항상 맨 나중 순서는 오빠였다. 나는 그런 아버지가 불만이었지만 감히 겉으로 드러내서 표현하지는 못 했다.

삼촌들은 머리가 좋고 똑똑했다. 학교에서 우리가 누구 조카라면 다들 알 정도였다. 그 그늘에 종손인 오빠의 존재감은 미약해서 잘 드러나지 않았다. 종손이라고는 하지만 잘난 삼촌들 기에 눌려 자랐다. 그래서인지 오빠는 공부에 그다지 욕심내지 않았다. 아버지는 장손인 오빠를 공부시키려는 욕심에 회초리를 여러 번 드셨지만 마음대로 되지 않자 포기하셨다. 그 대신 두 동생 공부시키는 것을 희망으로 삼으셨다.

삼촌들이 대학에 진학하고 목돈이 들어갈 즈음, 오빠는 학교를 그만두고 중장비 기술자였던 고모부가 근무하는 삼부토건이라는 건설회사에 입사했다. 우리나라 산업화가 빠르게 진행되던 시기라 중장비 기술자가 되는 것도 괜찮다는 생각에 어른들이 에둘러 선택한 길이었다. 몇 년 뒤, 고모부는 해외 건설노동자로 중동으로 떠나시고 20대 초반이었던 오빠는 다니던 회사를 그만두고 집으로 돌아왔다.

아버지는 오빠가 대를 이어 농사를 짓기 바라셨다. 아버지의 바람과는 달리 오빠는 농사일도 시골살이도 내켜 하지 않았다. 또 객지 생활을 할 수밖에 없었다. 이번에는 마산에서 약국을 하던 삼촌이 오빠를 채용했다. 약국에서 약을 판매하고 삼촌이 하시는 제약회사 총판 일을 돕는 일이었다. 오빠는 오 년을 근무한 후, 다른 일을 해 보겠다고 했다. 장래가 보장되지 않는다 생각한 듯하다.

　독립하겠다는 오빠와 만류하는 삼촌 사이에 실랑이가 잠깐 있었다. 갑자기 그만둔 탓에 오빠는 그동안 일한 것에 대한 임금도 제대로 받지 못했다. 삼촌이 미처 준비할 새가 없었던 것이다. 오빠는 삼촌 생각에 동의하는 어른들 눈치 보느라 불평 한마디도 하지 못했다. 아버지는 당연하다는 듯 그랬고, 엄마도 마찬가지였다. 삼촌도 나름대로 사정이 있으려니 했던 것이다. 눈 흘기며 볼멘소리를 한 건 당연히 나뿐이었다.

　엄마는 금쪽같은 내 자식이 늘 손해만 보는 걸 지켜만 봐야 했다. 그 마음은 오죽했을까? 번번이 힘들게 살아가는 오빠를 향한 모정은 남달랐다. 음식을 만들 때도 "네 오라비가 잘 먹는 거라서……"라는 말을 빼놓지 않았다. 내색하지 않았지만, 준비해 놓은 찬거리를 보면 알 수 있었다.

　오빠는 몸이 약한 아내를 만나 병시중으로 결혼 후에도 살림살이가 늘 힘들었다. 하던 사업 또한 잘 풀리지 않았다. IMF와 함께 연쇄 부도도 경험했다. 올케언니는 오빠가 지극정성으로 돌본 십여 년의 정성에도 불구하고 오랜 투병 끝에 고작 오십의 문턱에서 불귀의 객이 됐다. 삼 년 뒤, 실록이 푸른 오월에 오빠도 쉰다섯이란 젊은 나이에 뒤따라 하늘나라로 갔다. 엄마 가슴에 뺄 수 없는 대못을 박아놓고 야속하게 떠났다. 암이 발목을 잡은 것이다.

몇 년 전, 마을 어귀의 버드나무가 태풍에 뿌리째 뽑혀 쓰러졌다. 내 마음의 안식처이자 우리 모두의 간이역 같던 버드나무가 사라져 버렸다. 버드나무가 서 있던 곳에 시멘트로 포장된 넓은 신작로가 만들어졌다. 통행하기에는 편리해도 왠지 휑한 느낌이다. 언제부턴가 고향을 찾느라 마을 입구에 도착하면 마음 한편에 싸한 바람이 불어온다.

빛바랜 사진 한 장에는 유년의 오빠가 입가에 버짐이 찍힌 채로 웃고 있다. 왜소한 몸으로 힘에 버거운 나를 업고 후들거리는 발걸음을 떼며 철길을 건넜던 나의 오빠! 어느덧 오빠가 간 지 칠 년이라는 시간이 지났다. 그런데도 나는 아직 휴대전화 속 사진을 지우지 못한다. 나는 아직도 오빠를 온전히 보내지 못하고 있다. 객지 생활이 고달프고 서러운 날은 고향 마을의 버드나무처럼 넉넉한 품이 되어주었던 오빠의 등이 더욱 그립기만 하다.

산나물

1.

"저게 뭐야?"

불씨가 핑핑, 소리를 내며 포물선을 그린다. 앞산이 벌겋게 타고 있다. 산불이다. 가뭄으로 나무며 잡풀이 바싹 말라 불쏘시개 역할을 하니 불티가 날아가면서 산은 순식간에 활활 타올랐다.

그해는 심한 가뭄으로 전국의 국립공원에도 산불이 잦았다. 등산객의 아차 하는 작은 실수가 대형 산불로 번졌다. 바람까지 심하게 불어 불은 삽시간에 옮겨붙었다. 헬기로 진화해도 쉽사리 잡히지 않았다. 마치 폭격한 듯 이산 저산이 벌겋게 불이 붙었다. 주변의 인가와 미처 이동하지 못한 자동차까지 까맣게 태운 광경이 TV 뉴스에도 연일 방송이 되었다. 사람은 물론이려니와, 산불을 피해 미친 듯이 달아날 짐승들이 떠올랐다.

그런데 지금 눈앞의 불은 텔레비전에서 보던 산불이 아니라 실제였다. 옆 동네 산에서 불씨가 날아와 옮겨붙는 광경은 마치 전쟁터를 방불케 했다. 바람까지 거들어 앞산에서 뒷산으로 불이 번지기를 몇 차례 거듭했다. 검은 연기가 삽시간에 몰려왔다. 화마는 우리 집까지 송두리째 먹어 치우겠다고 덤벼들었다. 아버지는 마구간에서 소를 몰고 나오며 식구들을 향해 집 밖으로 대피하라고 소리쳤다. 당신은 혼란 속에서도 과수원에 약 칠 때 쓰던 양수기에 연결된 호스로 뒷간 대밭 쪽으로 연신 물을 뿌렸다. 다행히 집에는 불이 옮겨붙지 않았고, 얼마 후 간신히 산불이 잡혔다.

산불로 뒷산 조상들 묘가 까맣게 탔다. 유교 사상이 뿌리 깊은 집안의 5대 종손인 아버지는 조상 섬기는 것을 가업으로 여겼다. 그런 당신에게 조상 묘를 제대로 지키지 못한 일은 크나큰 불효였다. 이웃들도 조상의 묘를 태운 건 안 좋은 징조라고들 입을 모았다. 볏단을 썰어 봉분과 묘지 둘레에 뿌렸다. "고수레"를 외치면서 사죄를 한 다음 포와 떡, 몇 가지 과일을 차려 술을 올리고 산신제를 지냈다. 그제야 아버지는 안심하신 눈치였다.

이듬해, 까맣게 타버렸던 앞산에도 새싹들이 고개를 내밀었다. 엄마는 뜯어온 토실한 고사리를 삶아서 앞마당에 돗자리를 펴 말리고 계셨다.

"엄마, 고사리 어디서 땄노?"

"며칠 전에 줄미 산소 기슭에서 땄는데 비가 오고 한 일주일 지났으니 또 올라오고 있겠다. 우리 가 볼래?"

하신다. 고사리는 숲이 우거져 그늘진 곳에서는 올라오지 않는다. 그해는 나무가 타고 남은 재 덕분에 산에도 영양이 충분한 탓인지 고사리 대궁이 통통하고 실했다.

"뱀 있을라. 조심 해래이."

나는 엄마의 걱정에도 아랑곳하지 않고 고사리 꺾기에 열중했다. 불이 난 자리에 자연은 사라진 생명을 하나씩 돌려주고 있었다. 잿더미 속에서도 생명이 잉태되고 있다는 사실이 신기했다. 참나무 넓적한 잎 아래, 용하게 고사리가 무더기로 자라고 있었다. 잠깐 사이에 한 소쿠리 가득 뜯었다. 데치고 말려도 몇 뭉치는 좋이 될듯했다. 그날 저녁 눈을 감으니 온통 고사리 천지였다. 고사리의 말려 오그라진 머리가 한가득 떠올랐다.

2.

파릇파릇 녹음이 짙어질 무렵, 친구와 백자산에 올랐다. 우리보다 잰걸음으로 앞지르던 할머니 한 분과 동행하게 되었다. 오르막 산길을 오르려니 숨이 찼지만, 도란도란 할머니가 들려주는 산 이야기에 귀가 즐거웠다. 할머니는 산 중턱에 있는 움막으로 간다고 했다. 그곳에 여러 가지 산나물이 많을 거라며 함께 가 보자고 제안했다.

쭉쭉 곧은 나무마다 뻗은 가지에 이파리가 한창 무성했다. 초록이 짙어지는 이때가 산나물 채취에는 적기다. 오가피 잎, 재피 잎, 두릅과 다래 덩굴 순, 취나물을 딸 시기인 것이다. 여기서 일주일 정도 지나고 나면 나물이 억세져 못 먹는다. 할머니는 등산로 옆에 난 납작납작 키 작은 잎들도 먹을 수 있는 산나물이라며 따라고 했다. 갓 올라온 연초록 몇 잎을 채취해서 바구니에 담았다. 언 땅속에서 겨우내 움터 올라온 놈들이라, 따면서도 애처롭고 미안했다.

점점 높이 오르려니 숨이 턱까지 차오르는 중에도 몇몇 산나물은 알아볼 수 있었다. 백자산의 맑은 공기를 마음껏 들이마셔 폐에 가득 채우고 내뱉기를 몇 차례 했다. 막혔던 가슴이 뻥 뚫리는 기분이었다. 드디어 작은 움막이 나타났다. 양지바른 터에 자리 잡은 움막 마당에는 쑥이랑 잡풀이 뒤엉켜 있고, 부드러운 머위나물도 여기저기 올라오고 있었다. 말이 집의 마당이지 산이나 진배없었다. 마당엔 손으로 뚝뚝 꺾어도 될 만큼 연한 나물들로 가득했다. 바구니가 금방 가득 찼다.

움막의 주인장은 아궁이에 불을 지폈다. 주변 여기저기에 나 있는 나물들을 손으로 뭉텅뭉텅 뜯더니 세 종류나 되는 나물을 순식간에 삶아냈다. 밀가루와 녹두 가루를 섞은 반죽에 쑥과 제피 등을 넣어 야생의 향기가 가득한 산나물 전도 한 판씩 구워냈다. 산초라고도 불리는 제피를 넣어 구운 전은 코끝이 뻥 뚫릴 정도로 알싸한 맛이 났다. 거기다 머위의 쓴맛은 단맛에 길든 나에게는 과히 맛의 혁명이었다. 주인장은 가시오가 피와 삼나무 우려낸 물을 주며 우리더러 마셔보라고 했다. 맛이 문제가 아니었다. 마치 몸이 자연으로 돌아가는 느낌이었다. 배가 아무리 불러도 살이 찔 염려가 전혀 되지 않는 행복한 날이었다.

저녁엔 손이 따끔거렸다. 제피 가지엔 가시가 있다. 그 끝에 달린 연한 잎을 따느라 손이 온통 상처투성이가 된 거였다. 세상에 공짜란 없다. 산이 주는 혜택을 받으려면 이 정도 고통쯤은 감수해야 마땅하지 않을까.

백자산 산행과 거기서 만난 할머니와의 동행은 내 인생에서 특별한 선물로 남았다. 산을 헤매고 다니느라 다리는 뻐근했지만, 하루를 온전히 자연과 맞닿은 시간을 보냈다는 게 흐뭇했다. 저녁엔 제피를 섞어 쑥 전을 굽고, 채취한 산나물을 삶아 초간장과 함께 상을 차렸다. 내가 기억하는 산의 푸르름이 어느새 가족들 밥상 위로 푸짐하게 옮겨와 있었다.

혹시 사람 맞나요?

나는 어릴 때 겁이 많았다. 여리고 얼뜬 성격이라서 밤이
면 혼자 뒷간에도 못 다녔다. 그럴 때 할머니는 뒷간 앞을 지
켜주시는 파수꾼 노릇을 톡톡히 하셨다. 방을 함께 쓰는 내
가 "할매, 똥 마렵다."라고 도움을 요청하면, 귀찮을 법도 한데
주무시다가도 일어나셔서 기꺼이 뒷간 앞에서 기다려 주셨다.

할머니 주머니에는 이야깃거리가 넘쳤다. 그 시절 특히
'호까지' 이야기는 너무 무서워서, 한 여름인데도 머리카락이
쭈뼛쭈뼛 서고 온몸에 소름이 돋아 오돌오돌 떨었던 기억이
난다.

동네 어르신 한 분이 읍내에서 친구들과 만나 술을 마신
후, 취해서 밤늦게 귀가하던 중이다. 칠흑 같은 밤이라지만 눈
감고도 다니던 집을 못 찾아 밤새 여기저기 헤매다 새벽녘에야
당도했다. 몸은 전신에 상처투성이고, 흙구덩이에 뒹군 행색이
며, 온통 땀으로 범벅이 된 채 넋이 나간 상태였다.

"호까지에 홀린 기라."

호까지는 늙은 살쾡이의 일종으로 구미호와 같은 요물이다. 눈에 불을 번뜩이며 사람에게 흙을 뒤집어씌워 혼을 빼놓고는 이리로 가자! 저리로 가자! 밤새 끌고 다닌다. 정신을 차려보면 낭떠러지에 와 있고, 또 정신을 차려보면 가시덤불에도 들어가 있다니 귀신만큼이나 무서운 존재다. 할머니 말씀으로는 호까지에 홀려 객사한 사람도 있다고 했다.

우리 집이 있는 마을 진입로는 신작로에서 멀다는 것 외에도 밤길을 다니기에 만만치 않은 점이 많았다. 산을 깎아 길을 만들다 보니 공포심을 불러일으킬 만한 여건들이 수두룩했다. 진입로 입구부터가 문제였다. 거기에는 후손이 찾지 않는 큰 묘지가 하나 있었는데, 묘지에 얽힌 소문도 많아 으스스한 곳이다. 몇 미터를 지나 모퉁이를 돌면 상여를 보관하는 상엿집도 있었다. 뿐만 아니라 조금 더 가다 보면 아기가 죽으면 묻었던 곳이라고 하여 '애기지'라고 부르는 작은 연못이 나온다. 마을로 가는 길은 그 옆으로 이어졌다. 우리 동네 청년들은 이 길을 지나면서 담력을 키웠을는지도 모른다. 하지만 여자아이들은 어둡기 전에 서둘러 귀가하는 게 하루 중 가장 큰 숙제였다.

20대 때 면사무소에서 근무하던 시절 이야기다. 종합토지세 기초 작업을 하느라 정신없이 돌아치는 중이었다. 토지 가격을 책정하여 등록시키고, 시청에서 읍·면 담당자가 취합하는 작업 중이었다. 요즘 같으면 대회의실 같은 곳에서 할 일을 그땐 장소가 마땅찮았는지 여관방을 몇 개 빌려 합숙하며 일을 처리했다. 읍면 담당자들이 보자기에 서류 뭉치를 몇 개씩 들고 모이면 작업은 본격적으로 시작되었다. 지금 같은 컴퓨터 시스템이면 그리 복잡할 일이 없겠지만 당시는 계산기로 숫자를 더해 취합하고 타자기를 이용하고 수기로 표를 만들었다. 여직원이 합류하기에는 여러 가지로 불편한 작업이었다.

그날은 급히 마무리해야 하는 일이 있어 먼저 퇴근하겠다고 말하기도 난감했다. 밤이 늦어지자 귀가할 일로 초조해하자 일하면서 친해진 시청 담당자 아저씨가 데려다주마고 약속했다. 과년한 처녀가 늦은 밤 택시를 타기도 위험했다. 서로 농담을 주고받으며 편하게 지내던 사이였고, 또 믿음이 가는 사람이라 그 사람 차를 타고 가기로 했다.

일은 자정을 넘겨 마무리되었다. 집까지는 자동차로 50분 정도의 거리였다. 늦은 시간 남녀가 단둘이 차를 타는 것도 익숙지 않은 일이었다. 그는 분위기를 편하게 하려고 애쓰는 눈치였지만, 늦은 시간 외간 남자가 운전하는 차를 얻어 탄 처지라 편하기는커녕 가시방석이었다. 세상 남자들이 다 늑대라고 배운 것도 불편함에 한몫 단단히 했다. 딴에는 방어 자세를 취하느라 상체를 곧추세우고 무릎 위에 가방을 놓은 채 두 손을 가지런히 모은 자세로 앉아 긴장한 티가 역력했으니 유머가 통할 리 만무했다.

차가 국도를 지나 동네로 접어들었다. 차창 밖으로 보이는 풍경은 가을걷이 마무리가 한창이었다. 길옆 논둑마다 나락 무더기가 군데군데 눈에 띄었다. 시간은 이미 새벽 한 시를 넘기고 있었다. 넓은 들판에는 서늘한 새벽공기와 묘한 적막만이 감돌았다. 저녁나절에 타작하고 짚을 태운 뿌연 연기가 공기에 섞여 매캐한 냄새도 떠돌았다.

산길을 10분 정도 들어가야 동네가 나온다. 논길을 한참 지나면 한쪽 면은 산이고 다른 쪽은 언덕을 가파르게 내려가면 들판이다. 둘은 침 삼키는 소리도 내지 못하고 차창 밖 상황에 긴장하고 있었다. 순간,

휘리릭! 소리와 함께 흰 치맛자락 같은 물체가 차 앞을 지나갔다.

"엄마야!"

둘은 동시에 화들짝 놀라며 소리를 질렀고, 그가 급브레이크를 밟았다. 두근두근, 놀란 가슴이 방망이질을 쳤다. 정신을 차려보니 농사용 비닐이 바람에 날렸던 것이었다. 나는 그나마 금방 마음을 가라앉혔지만, 도시에서만 살아온 그는 생전처음 맞는 상황이라 충격이 컸던 것이다. 그때부터 겁에 질린 듯했다. 쌍꺼풀이 짙은 눈을 동그랗게 뜨고는 몸을 바짝 앞으로 오그려 핸들을 꽉 붙잡고 긴장한 탓인지 가속 페달을 제대로 밟지도 못했다.

나는 그에게 앞만 보고 가자고 타일렀다. 한참 후 천천히

움직였다. 그가 보지 않았으면 싶었지만, 왼편에 어슬퍼게 허연 슬레이트 지붕을 덮어놓은 상엿집이 흉물스러웠다. 아니나 다를까. 그는 곁눈질을 하다 말고 이번에도 흠칫 놀라는 기색이었다. 뭔가 또 달려들지 몰라서 신경을 잔뜩 곤두세운 기색이 역력했다. 이럴 땐 차라리 내쳐 달리면 될 텐데, 남자치고는 어지간히 겁이 많아 보였다. 그때부터 그 길이 왜 그렇게 멀게 느껴지는지…. 마치 도살장으로 끌려가지 않으려 뒷걸음질하는 소 한 마리를 억지로 몰고 가는 기분이 들었다고나 할까?

"괜찮아요. 다 와 가요."

겁쟁이 아저씨를 달래고, 또 달래 보았지만 차는 굼벵이기어가듯 서행했고, 그 사람은 몇 번이나 나를 힐긋힐긋 곁눈짓을 했다.

마침내 '애기지' 앞에 도착했다. 길바닥에 뿌연 물안개가 자욱하게 깔려있었다. 예전에 인기를 끌었던 '전설의 고향' 중 한 장면을 보는 듯했다. 온몸의 털이란 털은 다 곤두서는 느낌이었다. 비가 내리는 것처럼 짙은 안개가 물안개라지만, 연못에서 피어오른 물안개는 산이 가로막은 형세에 힘입어 한 치 앞을 구분할 수 없게 자욱했다. 내가 사는 마을이지만 그런 장면은 처음이었다. '어찌 이런 상황이 된 건지!' 나도 온몸에 닭살이 돋을 정도로 공포스런 분위기가 연출되었다. 나는 정신을 흩트리지 않으려 애를 썼다. 돌아보니 그는 아예 사색이 된 얼

굴로 운전대를 꽉 움켜잡은 채 부들부들 떨고 있었다. 그가 힘
겹게 옆을 돌아보며

"미스 윤! 맞아요?"

라고 물었다. 그는 더듬더듬 말을 이어갔다.

"자꾸만 산속으로 가자고 하고, 가도 가도 인가는 보이지
않고 진짜 사람 맞아요?"

귀신이 출연하는 공포 영화를 많이 본 것인지…. 그는 처
음부터 곧추세운 자세로 앞만 보고 인형처럼 앉아 있는 나를
보며 자신의 눈을 의심하고 있었다. 동네가 바로 코앞인데 핸
들만 붙잡고 꼼짝도 하지 못하니 나도 어찌할 바를 몰랐고 그
러는 그가 나도 무서웠다. 생전 처음 당한 이런 상황에 긴장된
속마음을 숨기며 다시 부드러운 목소리로

"주사님 거의 다 왔어요. 조금만 더 가면 동네가 나와요. 제
발 제 말 믿고 가 줘요".

간절하게 달랠 수밖에 없었다. 눈을 질끈 감았다 떴다를
몇 번 하고서 한참을 지나 정신 줄을 잡았는지 그는 억지로 브
레이크에서 발을 뗐다. 드디어 큰 저수지를 끼고 돌아 동네가
눈에 보이자 그때야 "휴!"하고 안도의 숨을 몰아쉬며 뒤로 몸
을 젖혔다.

겨우 달래서 동네 어귀까지는 어찌어찌 왔지만, 지금부터
가 또 문제였다. 우리 집은 거기서도 고속도로 터널을 지나야

하는 윗마을에 있었기 때문이다. 앞을 보니 인가는 보이지 않고 산만 보이는데 다시 터널 쪽으로 가자고 하니 그는 기절할 것처럼 놀랐다. 이제는 아예 까맣게 질린 얼굴로 핏대가 선 눈동자를 크게 뜨고

"진짜 사람 맞아요? 나한테 왜 이러는 거예요?"

라며 울음 섞인 목소리로 애원하듯 쳐다봤다. 그 상황에서 내가 눈을 뒤집어 뜨고 얼굴을 홱 돌려

"내가 사람으로 보이니?"라며 장난이라도 쳤다면 아마 그 사람은 기절했을 게 틀림없다. 그는 더는 못 간다고 버텼다. 하지만 어떻게든 집에는 가야 하지 않는가. 어서 그 난감한 상황을 벗어나고 싶었다.

"진짜 나 한 번만 더 믿고 가 봐요. 터널만 지나면 집이에요."

몇 번을 어르고 달랬다. 이만큼 왔으니 이젠 어쩔 수 없는 상황이라 살기를 포기한 얼굴로 컴컴한 터널을 통과했다.

마을 입구에서 집까지 10분이면 넉넉히 올 거리를 한 시간은 족히 걸린 기분이었다. 천신만고 끝에 집에 도착했지만, 그는 진짜 넋이 빠져나간 모양새였다. 진땀을 줄줄 흘리며 눈은 풀려 있었고 기진맥진 탈진한 상태였다.

"난 그 길로 절대 다시 못 나가요."

재워줘야 한다고 우기는 그를 차마 돌려보낼 수가 없었다. 별수 없이 하룻밤을 묵고, 다음 날 어머니께서 챙겨주신 아침

까지 얻어먹고 함께 출근했다.

　남자의 자존심을 배려하여 그날 밤 사연은 둘만 아는 비밀로 해 줬지만, 가끔 실없이

　"남자가 간이 생기다 말았느냐."

　라며 한참이나 그를 놀렸다. 나는 남들은 모르는 '첩첩산중 두메산골 처녀'라는 닉네임이 붙었다.

　꼬맹이 아들이 둘 있다던 그때 그 사람. 생각지도 못한 외박으로 부인한테 혼이 나진 않았는지. 지금은 이름도 기억나지 않지만, 어디서 어떻게 살고 있을까 가끔 궁금해진다. 멀쩡한 처녀 귀신한테 홀려 그 난리를 쳤는데 그도 설마 그날 밤을 잊지는 않았을 것 같다. 앞으로 시골 처녀를 밤늦게 바래다주는 일만큼은 절대 하지 않겠다고 맹세하던 사람. 눈이 크면 겁이 많다는 말이 맞는 걸까?

　다음날 귀가한 그는 아내한테 '호까지'에 홀려 밤새워 돌아다니다 새벽녘에야 겨우 외딴집을 찾아 들어갔다고 들려주었는지도 모른다. 나이가 들고 보니 호까지에 홀린다는 말이 조금은 이해된다. 평정심을 잃고 두려움이 지나치면 멀쩡한 처녀도 호까지와 같은 요물로 보인다. 예전에는 귀신이 무서웠다면 요즘은 귀신보다 사람이 무서운 세상이다. 아닌 게 아니라

　"혹시 사람 맞나요?"

　이렇게 물어보고 싶을 때가 허다한 것이다.

아부지, 저도 공범입니더

밥만 실컷 먹어도 여한이 없다던 어린 시절, 그때는 너나 없이 가난했다. 피자나 햄버거 같은 간식은 꿈도 꿀 수 없었으니, 그나마 엿장수 가위질 소리나 하드 장수가 "아이스께끼!"를 외치는 소리가 유일한 즐거움이었다. 하드 장수가 자전거에 쓰레기통처럼 긴 하드 통을 싣고 나타나면 아이들은 일제히 집에 있는 쇠붙이나 고물을 찾느라 동분서주했다. 아이스께끼의 달콤하고 시원한 맛이란 무어라 형용할 수 없었다. 당시에는 최고로 호사스러운 간식거리였다. 한 입씩 덥석 베어먹지도 못하고 아끼며 빨아 먹었다. 핥다가 녹아 꼬챙이에서 하드의 살점이 그만 바닥에 떨어지기라도 하면 아까워서 눈물이 날 정도였다.

엿은 또 어떤가? 엿장수는 가위 장단에 맞춰 흥겹게 한바탕 노래를 부르며 "엿이요!"를 외친다. 그가 넓은 엿판에 납작한 쇠칼을 대고 가위 자루로 철거덕, 때려 엿을 떼 낼 때면 우리는 엿판에서 눈을 떼지 못했다. 조금이라도 더 잘라 주기를 바라며 목을 빼고 지켜봤다. 개구쟁이 남자아이들은 말려 묶어 걸어둔 마늘이나 호미나 낫 같은 연장을 들고나오다 할머니의 몽둥이를 피해 줄행랑을 치는 광경도 흔히 볼 수 있었다. 그만큼 아이들에게 엿은 치명적으로 달콤한 유혹이었다.

요즘 아이들이 방과 후 학원으로 직행한다면, 시골에서 자란 우리는 학교를 파하고 돌아오면 가방을 던지고 들판으로 나가 농사일을 도와야 했다. 그래도 바쁜 농번기가 지나고 벼가 무럭무럭 자라는 7월쯤이면 조금은 한가해지는 때라 아이들도 농사일에서 놓여났다. 우리 동네는 파평 윤가 집성촌이다. 나이가 비슷한 아이들은 저녁 밥술을 놓고 나면 누가 먼저랄 것도 없이 아지트로 삼은 집의 사랑채로 모였다. 모깃불이 타오르는 여름밤, 한참을 놀다 보면 어느새 배가 출출해지곤 했다. 돌을 삼켜도 소화 시킬 한참의 나이가 아닌가. 찐 감자나 옥수수, 밀떡은 우리가 즐겨 먹던 야식이었다. 여자아이들 간식쯤이야 응당 자기들 책임이라는 듯. 장난기가 넘치는 오빠들은 눈을 맞추며 서리를 모의했다. 한 김 올리면 구수한 냄새가 압권인 옥수수가 서리하기가 가장 만만했다. 어느 집 밭의 옥수수가 실하게 잘 영글어 가는지 이미 눈독을 들여 놓은 터, '뚝, 뚝, 우두둑!' 소리도 요란하게 옥수수를 서리했다. 서리를 마치면 주인한테 들키기 전에 얼른 줄행랑을 쳐야만 한다. 집성촌답게, 어린 아재가 조카에게 잡혀 혼이 나는 민망한 일이 생길 때도 간혹 있었다.

　　그날은 한 오빠가 느닷없이 사과를 서리하자고 제안했다. 당시 과일은 귀했다. 하필이면 마을에서 유일한 과수원집이 우리 집이었다. 과수원 둘레로 탱자나무가 울타리로 심겨 있었다. 탱자나무는 고목이라 가시가 3~5센티미터 정도로 굵고 단단했다. 겹겹이 심긴 가시나무 담을 뚫고 들어가려면 가시에 찔려 상처가 나는 것 정도쯤은 참고 통과해야만 했다. 난관은 또 있었다. 가시나무 울타리를 통과하더라도 다음에는 송아지만 한 개가 지키고 있었기 때문이다. 서리 중에서는 난이도가 최강이었다.

　　"좋은 생각이 있다."

　　한 오빠가 손바닥으로 자기 이마를 때리며 짓궂은 얼굴로 말했다. 주인집 딸인 나를 이용하자는 것이다. 과수원 위치는 우리 집 바로 앞이었다. 서리꾼들이 다가가면 개가 짖을 테고, 소리가 나면 우리 아버지께서 나오실 가능성이 컸다. 그 오빠는 그때 내가 해야 할 일을 지시했다. 내 의사는 묻지도 않고 모두가 좋은 생각이라며 박수를 쳤다. 나는 졸지에 우리 집 사과를 서리하려는 애들과 한 패거리가 되고 만 것이다.

　　"누고?"

　　"아부지 저라예."

　　"안자고 뭐하노? 들어가서 자라."

"예!"

그걸로 내 임무는 끝이었다.

그날 밤, 서리꾼들은 과수원집 딸을 앞세우고 당당하게 거사를 치렀다. 아이들은 여유만만하게 탱자나무 위로 사다리까지 걸쳐놓고 들어가 파란 사과를 잔뜩 따 담았다. 사과가 그득하게 든 포댓자루를 둘러메고 소리 없는 휘파람까지 불며 당당하게 걸어 나왔다. 방으로 돌아온 우리는 가져온 포댓자루를 열고 사과를 방바닥에 쏟았다. 아직 익지도 않은 풋사과가 한 방 가득 널브러졌다. 그나마 손에 잡아 봐서 굵은 놈만 따 온 게 그 모양이었다. 순간, 농약을 치느라 약 대를 잡고 농약을 뽀얗게 뒤집어쓰신 채 연신 입으로 침을 뱉으시던 아버지 얼굴이 풋사과 위로 겹쳤다. 너무 죄스러워 울고 싶은 심정이었다.

다들 한 입 베어 물자마자 풋사과의 신맛에 얼굴을 찡그리며 뱉어내기를 몇 번씩 했다. 제대로 한번 먹지도 못하고 사과 한 포대를 다 내다 버리고 말았다. 잘 키워 내다 팔았다면 몇 상자가 너끈히 넘을 양이었다. 아버지가 아시게 되면 어쩌나, 싶어서 애가 탔다.

다음 날 아침, 일찍 밭에 나가셨던 아버지는 역정을 내셨다. 당시에는 신품종이라 비싸게 팔리는 부사나무 밑에는 서리한 흔적이 역력하다. 괜한 욕심을 부린 오빠들이 밉기만 했다. 하지만 졸지에 공범이 된 터라, 양심의 가책으로 한동안 아버지 얼굴을 제대로 볼 수 없었다.

개중 한 오빠가 발을 절룩이며 다녔다. 아버지는 사과를 지키느라 합판에 못을 박아 나무 밑에 덫을 놓았고, 그걸 모르고 그만 밟고 만 거다. 동네 오빠가 절룩거리며 서리한 표를 내지 않았더라도, 어린 딸의 표정에서 아버지는 이미 눈치를 채고도 남았을 터이다. 하지만 심증은 있으나 물증이 없으니……. 아니, 어쩌면 아버지는 딸과 그 친구들의 추억거리다 싶어서 애써 눈감아 주셨는지도 모르겠다.

"이제야 고백합니더, 아버지. 죄송합니데이. 그때 지도 공범이었어예."

철없던 시절의 장난이었노라 면죄부를 주며 내 영혼을 안심시킨다. 돌아가신 아버지의 인자하신 모습이 유독 그리운 날이다.

서당이 전하는 말

 반평생을 살았다는 말이 있다. 사람의 한 생을 넉넉히 백년이라고 치면, 50년을 살았다는 말이다. 예전엔 쉰이라는 나이가 까마득하기만 해서, 반평생이라는 표현은 나와는 아무 상관 없는 말인 줄 알았다. 그런데 세월이 베틀에 북 지나듯 빠르다더니, 어느새 나도 중년이 되고 말았다. 그날이 이렇게 속히 올 줄을 어찌 알았을까.

 어릴 땐 오십이 넘은 이웃 아주머니들이 중늙은이로만 보였다. 요즘처럼 좋은 화장품이 흔한 것도 아니고, 영양 상태도 오늘날과 달리 형편없었으니 빨리 늙는 것도 당연했으리라. 하지만 평균 수명이 길어졌다고는 해도 정도의 차이에 불과하다. 속절없이 나이를 먹고 보니 거기에 다시 하루하루를 보태기가 안타깝기만 하다. 은퇴가 코앞에 닥쳤다. 인생 2막 가운데 1막을 살았고, 나머지 절반인 2막을 어떻게 살아야 할까를 고민할 때가 온 것이다.

어버이날에 어머니가 병원 외래 진료받으러 대구에 오셨다. 예전 같았으면 잔치에 참석해야 할 날에 어느덧 병원을 찾으시는 모습에 마음이 아팠다.

어릴 적, 어버이날은 동네 잔칫날이기도 했다. 우리 동네는 삼십여 가구가 모여 살았다. 다들 알다시피 당시에는 자식을 많이 낳아 길렀다. 네다섯은 기본이고 열 명이나 되는 집도 있었다. 크는 아이들로 동네는 늘 시끌벅적했다.

어버이날이면 어른들은 장작불에 가마솥을 걸어 소고깃국을 끓였다. 기름을 두르고 전을 부쳐 마을 사람들이 먹을 저녁을 준비했다. 고소한 기름 냄새가 온 동네에 등천하고, 초등학교 저학년부터 고등학생 언니 오빠까지 장기 자랑 준비에 여념이 없었다. 매년 어버이날이면 우리 동네 아이들은 서당에서 발표회를 열었다. 부모님들을 기쁘게 해드리기 위한 공연이었다.

초등학교 4학년 때쯤이었을 것이다. 공연 날, 내가 또래 아이들의 동요 경연 사회를 맡은 적이 있다. 그쯤부터 장래 희망으로 아나운서를 꿈꿨던 것도 같다.

"○○어린이는 어떤 노래를 준비했나요? 그럼, ○○어린이의 노래를 들어보겠습니다."

나는 꾀꼬리 같은 목소리로 사회를 봤다. 아랫마을 순옥이가 동요를 독창할 차례였다.

"풀 냄새 피어나는 잔디에 누워……"

"다음은 중창을 들어 보겠습니다. 큰 박수 부탁드립니다."

실수하지 않으려고 몇 번을 연습했는지 모른다.

중·고등학교 언니 오빠들은 분장하고 연극도 했다. 코미디가 가장 인기가 있었다. 머리에 비듬을 만들어 붙이고 김을 이에 끼워 코흘리개 바보 흉내를 곧잘 냈다. 모두 배꼽을 잡았다. 고등학생인 아재가 총연출자였는데, 돌이켜보면 제법 다양한 장르로 재미있게 공연했던 것 같다. 이날의 행사를 위해 그동안 학교를 파하면 서당에 모여 열심히 연습했었다. 지금은 아득한 기억 저편의 이야기다.

행사 준비를 위해 연습 장소로 사용하던 서당은 마을 입구에 있는 저수지 앞에 자리 잡고 있었다. 아이들은 저수지에서 여름이면 멱을 감고, 겨울이면 스케이트를 타거나 팽이 놀이를 하고 놀았다. 서당은 저수지에서 노는 아이들이 위험하지나 않은지 어른들이 내다보는 장소였다. 여름과 겨울 방학 때는 아이들 한자 공부방이었고, 비상시 회의 장소이기도 했다. 요즘의 마을회관 역할을 겸한 셈이다.

서당은 향교 역할도 했다. 고조부께서 향교의 교관을 지내셨는데, 관직에서 퇴임 후 귀향하셔서 후학들을 양성하셨다. 인근 지역 청년들은 다 모여 배웠다고 한다. 그나마 농촌의 유일한 학교였다. 그 시절의 제자들이 십시일반 돈을 거두어 학계를 만들고, 지금의 서당을 지어 스승인 고조부께 헌사했다.

이후로 서당을 지키는 건 우리 집 가업이 되었다. 증조부에 이어 할아버지까지 서당 지킴이의 역할을 하셨다. 한학을 공부하여 서당 훈장을 하셨던 할아버지는 아예 서당에서 기거하셨다. 동네 길흉사의 택일부터, 아이가 태어나면 하는 작명까지, 할아버지는 동네를 대표하는 어른이셨다. 마을 사람들의 대소사 상담부터 그들의 죽음까지 직접 주관하셨다.

할아버지는 정이 많고 인자한 성품이셨다. 어린 내 눈에도 몸가짐과 의관에서부터 선비의 품이 느껴졌다. 할아버지의 하얀 모시 한복과 두루마기는 항상 풀을 먹여 빳빳하게 다림질한 상태로 벽장에 걸려 있어야 했다. 중절모를 쓰시고 읍내에 출타하실 일이 잦으셨기 때문이다. 낯선 어른이 나에게

"어디 사느냐?"라고 물으실 때

"모길입니다."라고 답하면

"○자 ○자 어르신을 아느냐?"라고 다시 물으셨다.

"제가 손녀입니다."라고 말씀드리면 반갑게 머리를 쓰다듬으시며 용돈을 주시던 기억이 난다.

아버지는 출타가 잦고 농사일에 손을 놓으신 할아버지를 대신하여 이십 대 초반에 벌써 집안일을 맡으셨다. 스물두 살

이른 나이에 장가를 들었다. 그때부터 한 집안의 생계를 어깨에 짊어졌다는 말이기도 했다.

못 가에 덩그러니 자리 잡은 서당은 오늘날에도 여전히 마을을 지키고 있다. 그 많던 아이들은 다들 객지로 떠나고 남은 몇 사람이 간신히 동네를 지키고 있다.

오늘은 엄마와 오촌 당숙이 서당에 잡풀을 뽑고 청소도 하고 왔다. 양쪽 방 사이 놓인 대청마루는 어릴 적 널따랗게만 여겨지던 기억과는 사뭇 다르다. 그새 강화마루로 교체되었는데, 남의 옷을 입고 앉은 것처럼 어울리지 않는 모양새다. 매주 일요일, 무릎이 닳도록 걸레질한 고택의 품격 높던 마룻장은 온데간데없다. 이웃 아재 말을 빌리면, 집수리하는 사람이 빼다 골동품으로 팔아넘겼다고 한다. 나이 들어 둘러보는 서당은 의외로 초라하고 볼품없어 보인다. 서당 곁을 지키던 흐드러진 버드나무들도 명을 다해 쓰러졌다. 서당은 그 옛날 아이들이 재잘대던 그때를 추억이나 하는지, 멍하니 저수지를 바라보며 버릇처럼 마을을 지키고 있을 뿐이다. 그토록 건장하고 위엄이 서렸던 서당은 이제 이 빠진 늙은이 형상이다.

서당의 명의는 이제 학계로 넘겨졌다. 하지만 어머니는 서당을 지키는 일이 여전히 우리 집안의 도리라 여기신다. 종가의 종부인 어머니는 허리가 아프고 관절염으로 뼈 마디마디가

욱신거리는 것도 아랑곳없이, 먼지 앉은 마루를 사흘이 멀다고 지금도 걸레질하신다. 서당의 초라한 모습이 시대의 격랑에 밀려난 당신을 빼닮았다는 것도 모르신 채……

각자 살아온 삶과 지향하는 가치는 다르다. 하지만 어린 시절 가족과 고향에 대한 향수는 다분히 공감하는 부분이 많으리라. 어느덧 노후를 준비해야 하는 시점에서 지나간 시간을 돌이켜보면 오늘이 있기까지 나를 지탱해 준 힘의 원천은 가족과 고향에 대한 사랑과 그리움이 팔 할임을 더 실감하게 된다.

평범하기만 한 인생이 어디 있으랴. 저마다 숱한 사연이 씨줄과 날줄로 직조되어 삶이 되었다. 앞만 보고 달리느라 자기 내면을 들여다보고 다독이는 시간을 놓치고 살았다는 생각이 든다. 마음 한켠에 담아두고 차마 발설하지 못했던 이야기를 비로소 조심스럽게 꺼내어 들여다보는 글쓰기가 참으로 의미 있는 일임을 이제야 알았다.

부족한 언어를 다듬는 작업을 통해 마음의 상처를 보듬고 실타래처럼 얽힌 지난 시간을 정리하는 소중한 기회가 되었다. 혼자라면 용기를 내지 못했을지도 모른다. 문학적이며 기발한 창작 아이디어나 기교를 애초에 기대하지는 않았다. 오히려 순수하고 무한 가능한 초보 작가로서 서로 격려와 응원으로 다섯 편씩 다듬어 공저로 책을 펴내게 되어 더없이 기쁘다. 다소 부족한 글이지만 독려하며 이끌어 주신 원장님과 여섯 작가에게 감사의 박수를 보낸다.

김모니카

가을이 오면

천고마비(天高馬肥)는 가을 하늘이 높으니 말이 살찐다는 뜻으로, 가을은 날씨가 매우 좋은 계절임을 형용하거나 가을이 활동하기 좋은 계절임을 이르는 말이다. 하지만 어릴 적, 나는 이런 가을이 너무 싫었다.

가을에 익은 곡식을 거두어들이는 걸 가을걷이라고 한다. 이때 시골에서는 누워있던 송장도 벌떡 일어나 일손을 도울 만큼 바쁘다. 고사리 같은 아이의 손도 크게 도움이 되는 시기가 바로 이때다. 우리 집도 사정이 다르지 않아서, 수확의 계절만 되면 지독스레 일을 시키는 부모님이 원망스럽기만 했다. 학교 갔다 돌아오면 어린 나를 기다리고 있는 건 대청마루에 놓인 엄마의 쪽지였다. 신문지를 찢어 만든 쪽지에는 삐뚤빼뚤한 글씨로 "배나물 논으로 오너라"라는 당부가 적혀 있었다. 그걸 읽으면 나는 별수 없이 마루에 가방을 던져놓고 가을걷이하는 일손을 도우러 논으로 가야만 했다. 또래들은 달이 밝은 날이면 술래잡기나 다른 놀이를 하면서 뭉쳐 다니곤 했다. 하지만 우리 자매들은 휘영청 밝은 달빛을 불빛 삼아 나락을 타작하는 어른들을 돕기 바빴다. 놀이에 끼지 못한 우리는 또래들에게 늘 따돌림을 받았다. 그 시절의 안쓰러운 내가 떠오를 때면 울컥해지곤 한다.

시골 학교에서는 도시와 다르게 농번기에는 3, 4일 정도 단기방학처럼 '가정실습'을 했다. 아이들에게 바쁜 집안을 거들라는 명목이었다. 가정실습 시기는 매번 중간고사 준비 기간과 맞물렸다. 읍내에 사는 친구들은 농사일과는 거리가 멀었다. 그 애들은 학교에 나와 시험공부를 할 수 있었지만, 나는 시험공부는커녕 허리가 끊어져라 일손을 거들어야만 했다. 읍내에 사는 친구들을 부러워했던 가을, 어린 나이임에도 일할 생각에 이 계절이 무척 싫었다.

우습게도 어른이 된 지금은 가을이 좋다. 추수가 끝난 들녘의 볏짚 타는 냄새는 아련한 추억이다. 알이 꽉 찬 배추와 어른 팔뚝만 한 무만 봐도 풍성함이 느껴지고, 괜스레 코끝이 찡해진다. 송수권의 '까치밥'이란 시에는 긴 장대를 휘두르며 까치밥을 따는 서울 조카아이들을 말리는 목소리가 나온다. 화자는 조카들에게 이렇게 만류한다. "서울조카 아이들이여/ 그 까치밥 따지 말라/ 남도의 빈 겨울 하늘만 남으면/ 우리 마음 얼마나 허전할까/ 살아온 이 세상 어느 물굽이/ 소용돌이치고 휩쓸려 배 주릴 때도/ 공중을 오가는 날짐승에게 길을 내어주는/ 그것은 따뜻한 등불이었으니/ 철없는 조카아이들이여/ 그 까치밥 따지 말라"

시 속 화자의 말처럼, 시골에서는 까치밥이라며 주린 새들을 위해 우듬지에 달린 홍시는 따지 않고 남겨 놓았다. 요즘도 나무 맨 꼭대기 줄기에 달린 홍시를 보면 그 댁 주인의 따뜻한 마음이 느껴진다. 그럴 때면 코끝이 또 시큰해진다. 얼어붙은 거리에 낙엽만 봐도 코끝이 찡하다는 노래('코끝이 찡')도 있지만, 나야말로 시도 때도 없이 코끝이 시큰한 걸 보면 나이를 먹어 가는 게 분명하다.

이젠 시골도 예전과는 달리 가을걷이라고 해서 아이들 손을 빌릴 만큼 일손이 달리지는 않는다. 웬만한 일은 기계가 척척 해낸다. 요즘은 시골에 가도 할 일이 별로 없다. 부모님도 늙으셨고 나도 나이를 먹었다. 계절에 비하자면 봄과 여름이 지나고 가을의 문턱에 들어선 나이가 되었다. 나이가 들어감을 먼저 실감하는 건 몸이다. 얼마 전, 몸이 보내는 신호에 놀라는 일이 있었다.

2022년 가을의 어느 날 아침이었다. 7시 30분, 나는 종합병원의 심장검사실에서 번호표를 뽑고 대기 중이었다. 기다리는 사람들 면면을 둘러보니 개중에서 50대 중반인 나는 비교적 젊은 사람 축에 속했다. 그 순간, 병원의 하루를 시작하는 아침 방송 멘트가 흘러나왔다.

"오늘도 많이 웃으시고 행복한 하루 보내십시오!"

순간 눈물이 핑 돌았다. 뭐가 그리도 바빠 숨 가쁘게 달려 왔을까? 어떤 결핍들이 정신없이 나 자신을 몰아치며 살게 했을까?

병원에 온 건 갱년기 장애로 여러 가지 검사를 받던 중, 우연히 발견된 〈경동맥 협착 및 폐쇄〉라는 병명이 원인이었다. 종합병원에 급하게 검사를 예약했고, 의사 소견서를 들고 내원했다. 첫 진료 후, 이날이 채혈 및 가슴x-ray와 심전도검사를 위해 연차를 낸 날이었다. 병원에 동행하겠다는 남편의 말이 왠지 영혼 없는 소리로 들렸다. 손사래를 치고 끄덕끄덕 혼자 와서 덩그러니 앉아 있으니 처량한 기분이 들었다. 못 말리는 자기연민이라는 생각에 헛웃음이 났다.

나는 내가 자주 가여웠다. 열심히 사는 내가 가여웠고, 열심히 사는 나를 오해하는 남들 시선에 신경 쓰는 내가 가여웠다. 어디서부터 시작되었는지 모를 뿌리 깊은 자기연민이 인생의 결정적인 순간에 불쑥불쑥 튀어나왔다. 이날이 그런 날이었다. 남편은 어릴 적부터 엄마의 잔병치레에 지친 사람이었다.

병에 대해 무디어졌다고 이해는 하지만, 그래도 따뜻한 말 한 마디가 그리웠던 모양이다.

다행히 크게 걱정할 만한 일은 아니었다. 다만 좋아하는 등산이나 운동을 자제하라니 난감했다. 나는 자기연민의 감정만 뺀다면 천성이 긍정적이다. 몸도 마음도 회복탄력성이 좋은 편이다. 해서 이제는 내려놓을 것은 내려놓고, 느리게 느리게 살기로 다짐해 보았다. 바쁜 걸음 중에도 잠시 멈추어 서서 하늘도 바라볼 여유를 주기로 마음먹었다.

인생이 가을에 접어드는 시기, 건강에 이상 신호가 켜진 다음에야 나는 깨달았다.
불행은 내가 끝내는 것이지 끝나길 기다리면 안 된다는 것을⋯⋯.

인생이 내 선택으로 얼마든지 바뀔 수 있다는 것을 깨달은 순간부터 일어서는 연습을 다시 한다. 불행에 걸려 넘어지는 것이 두렵지만은 않다. 힘을 내는 나 스스로에게 말해주고 싶다. '너 잘하고 있어!'

예측하지 못한 일들 앞에서도 흔들리지 않고 우아하게 걸어가고 싶다. 지나온 시간들을 수확하며, 받게 되는 풍성한 선물에 감사하며……. 우린 늙어 가는 것이 아니라 조금씩 익어 가는 거라는 유행가 가사처럼, 가을 햇볕을 받아 잘 익어가는 곡식처럼 나 또한 영글게 익어가는 사람이 되어야겠다. 멋지게 나이 드는 법은 따로 있는 것이 아니다. 지금까지 꾸준히 해왔으면 좋았을 것들을 지금부터 해 나가면 된다. 독서, 일기 쓰기, 꾸준히 공부하기, 운동하기 등. 이렇게 살아가는 하루하루가 모여 삶이 된다. 매일같이 꾸준히 나를 발전시키다 보면 어느새 나는 풍성한 가을처럼 멋지게 나이 들어 있을 것이다. "잘 익은 단풍은 봄꽃보다 아름답다"라던 어느 스님의 말에 공감한다. 이 가을, 시인 윤동주를 따라 별을 헤아려 보는 여유도 가져보아야겠다.

가을이다. 내가 제일 사랑하는 계절이 왔다.

독수리 오남매

    우리 5남매는 깡촌 마을에서 자랐다. 5남매 중 셋째인 나는 산골 소녀답게 산이 정말 좋다. 휴일에 가고 싶은 산을 다니노라면 모든 근심 걱정이 사라진다. 어느 심리학자의 말을 빌리자면 "걷는 행위는 최고의 사유하는 철학이다."라고 했거늘, 혼자 뚜벅뚜벅 산길을 걸으며 사색하는 시간은 나에게 선물 같은 시간이다.

    결혼 전, 남편은 우리 부모님께 인사드리려 시골집을 방문한 적이 있다. 그때 남동생이 경운기를 타고 읍내까지 마중을 나왔었다. 남편은 그때의 에피소드를 지금도 가끔 이야기한다. "첩첩산중인 비포장도로를 덜컹거리는 경운기를 타고 가는데, 가도 가도 도무지 끝이 없더라" 그는 깡촌 출신인 내가 제법 출세했다며 놀리기도 한다.

    나에게는 위로는 오빠와 언니, 아래로는 여동생과 남동생이 있다. 엄마는 아들을 낳고 연달아 딸만 셋을 낳은 끝에 다시 간신히 아들을 품에 안은 셈이다. 딸인 내가 태어났을 때, 엄마는 미역국도 못 드실 만큼 실망하셨단다. 이때부터 나는 누군가를 믿기보다 내 힘으로 살아야 함을 무의식적으로 깨우쳤던 모양이다. 이후로 어린 나이임에도 불구하고 청소와 부엌일은 물론 농사일도 곧잘 거들며 사랑받기 위해 애쓰며 살았다.

오빠는 아들이라고 초등학교 5학년 때 진주의 외가로 유학길에 올랐다. 막내인 남동생은 어리다는 이유로 농사일에는 열외 대상이었다. 하지만 아들도 아니고 어리지도 못한 중간치기 딸래미 셋은 학교 갔다 오면 대청마루에 적혀 있는 엄마의 메모를 보고 가방을 던져놓고 들판으로 나가야만 했다. 이렇듯 딸 셋은 힘든 농사일을 거들며 학창 시절을 보냈다. 어른이 된 후, 우리 세 자매는 만나기만 하면 그 시절 고생스러움을 추억 삼아 '그땐 그랬지'라며 웃음꽃을 피운다. 그럴 때마다 아버지께서는 미안한 마음이 드시는지 슬그머니 자리를 피하신다.
그렇더라도 우리 세 자매는 부모님을 미워하거나 원망한 적이 없다. 오히려 빠듯한 살림에 5남매를 키우시기 얼마나 고생스러웠을까라는 생각이 나이가 들면 들수록 깊어진다. 또한 아들이라고 떠받들리기만 하고 자란 듯싶은 오빠와 남동생도 자기들만의 고충이 있었다는 걸 뒤늦게 듣고는 공감하게 되었다. 지금은 모든 게 감사할 따름이다. 여든이 넘으신 부모님이 고향을 지키고 계시기에 가고 싶을 때 갈 수 있고, 보고 싶을 때 만날 수 있으니 말이다.

억척스레 우리 5남매를 키워오신 아버지 다리가 고장이 났다. 아버지는 참으실 만큼 참다가 도저히 안 되겠다 싶어서 병원에 가셨다. 진단 결과 무릎 연골이 다 닳아 거의 없어진 상태라고 했다. 이런 상태로 어떻게 지금까지 견디었냐고 의사는 혀를 찼다. 아버지의 고단한 삶이 느껴져 마음이 아렸다. 대구에는 나를 비롯해서 오빠와 남동생이 살고 있다. 아버지는 우리가 사는 이곳 대구의 병원으로 오시라는 걸 마다하고 아무 연고도 없는 진주의 병원에서 양쪽 인공 관절 수술 날짜를 잡으셨다. 자식들에게 부담 주기 싫다는 이유였다.

수술 전, 진주에 있는 그 병원에서 장남인 오빠에게 연락이 왔다.

"환자분의 혈액이 모자라 가족분들 중 네 분이 지정헌혈을 해 주세요"

소식을 전해 들은 나는 행동대장답게 우리 독수리 5남매를 톡으로 불러냈다. 묘한 감정이 들었다. 그동안 사는 게 바빠 서로 얼굴 보기도 힘들었었다. 그런데 단체방에 모이고 보니 어릴 때 옹기종기 모여 지내던 찐한 형제애가 느껴져 순간, 울컥했다.

"자, 각 집에서 피 뽑힐 대표 선수는 릴레이 댓글 달아주세요. 첫 번째, 김모니카 당첨입니다!"

<u>스스로</u> 내 이름을 먼저 올렸다. 내 글에 오빠 답글이 금방 달렸다.

"우리 집에서 나머지 세 명 맡으면 되니까 걱정하지 마라."

아버지 수혈에 조카들까지 동참한다니 감동이었다. 조카들은 군것질 좋아하시는 아버지께 정기적으로 과자를 택배로 보내곤 했다. 아버지한테는 정 많고 착한 손자 손녀였다. 그렇지만 가만히 있을 우리가 아니다. 안산에 사는 여동생은 곧바로 헌혈해서 인증샷을 보냈다. 헌혈해 보니 묘한 감정이 들더라며, 꼭 가족이 아니더라도 다른 사람을 위해서 앞으로도 지속적으로 할 생각이라고 했다.

'착한 내 동생!'

마산에 사는 언니와 형부는 고위험군으로 부적격이라 아쉬워하는 마음을 겨우 달래주었다.

"장기기증이 아니라서 얼마나 다행이고?"

나 역시 주말에 헌혈의 집에서 헌혈하기로 했다. 남편도 동참해 준단다.

"피 뽑힌 사람은 병원비 보태지 않아도 되나?"

농담도 하면서 말이다.

천성적으로 선하신 부모님 밑에서 자란 덕분인지 우리 독수리 5남매 모두 마음이 좋고 성격이 원만하다. 우리끼리 시기

질투하는 법도 없다. 질투는커녕 서로 위해 주며 부족한 부분을 채워주려고 애쓴다. 뒤늦게 이 집안에 합류한 며느리들이나 사위들도 다행스럽게 잘 융화가 되어 모두가 화목하다. 명절이면 마당에서 음주 가무를 즐기며 부모님을 울리기도 웃기기도 하는 감동을 펼치는 우리 가족들. 무슨 대단한 낙이 더 필요할까? 이렇듯 소소한 행복을 누리며 우리 5남매 오래오래 건강하기만을 바란다.

독수리 5남매여, 영원하라! 독수리 5남매, 포에버(Forever)!

소람 1 & 소람 2

결혼 3년 만에 귀하게 얻은 큰딸과 그 후 3년 만에 찾아와 준 작은딸. 내게는 소중한 사람이란 뜻으로 '소람 1, 소람 2'로 부르는 딸들이 있다.

"다녀오겠습니다!"
"그래! 운전 조심하고…….'

오늘로써 큰딸이 출근한 지 사흘째다. 평소 수다스럽지 않은 아이가 퇴근 후 상기된 얼굴로 하루 있었던 일을 내게 조잘조잘 이야기하느라 바쁘다. 참 기특하고 감사한 일이다.

'소람 1' 오래전부터 내 휴대전화에 저장된 큰아이의 닉네임이다. 큰애는 올해 스물일곱 살이다. 보기만 해도 예쁘고 부러운 꽃다운 청춘이다.

올 2월, 큰애는 대학원 졸업을 앞두고 앞날에 대한 막연한

두려움과 뚜렷한 목표가 없음이 고민스럽다는 얘기를 털어놓았다. 아이와 그런 고민을 나눌 때 어미로서 나는 "꿈이 없는 건 좋은 거란다. 꿈이 없으니 이것저것 다 해 볼 수 있으니까. 그러다 보면 적성에 맞는 걸 찾을 수도 있으니 괜찮아."라고 말해주는 게 고작이었다.

그렇게 고민하던 아이가 3개월 준비하더니 전공을 살린 군무원 7급에, 그것도 일등 성적으로 합격한 것이다.

발령은 성적순! 큰애는 집에서 가까운 곳으로 지망했고, 원하는 데로 발령받아 마침내 출근하게 되었다. 처음으로 출근하는 날, 아이는 책임감으로 말미암아 투정 아닌 투정을 부렸다. 상사로부터 "적임자가 없어 5년을 비워 둔 자리"라는 소리를 들었노라고, 부담감이 심하다는 볼멘소리에도 내 마음은 풍요롭기만 했다.

사실 큰딸은 나의 아픈 손가락이다. 초등학교 1학년 첫 시험부터 전 과목 만점 받은 걸 시작으로 고등학교 1학년이라는 신분으로 자퇴하기까지, 아이는 줄곧 1등을 놓친 적이 없었다. 그런 큰딸은 나의 자랑거리였다. 아이의 일등이 곧 나의 일등인 양, 어깨에 힘을 잔뜩 주며 다녔던 철없고 무지했던 엄마가 바로 나다. 그런 엄마를 빛나게 해 주려고 아이는 얼마나 애를 썼을까?

가만히 두면 더 잘할 수 있는 아이를 엄마인 나의 욕심이

망쳐버린 것이다. 아이는 무력하게 변했고, 나는 결국 손을 들어버렸다. 자퇴의 이유는 온종일 수업에다 야간자율학습까지 이어지는 시간이 불필요한 에너지 소비라는 거였다. 하지만 아마도 성적에 대한 부담감이 컸으리라 짐작한다.

"혼자서도 잘할 수 있는 아이니까 믿고 기다려 주세요."라는 담임 선생님과의 상담을 마지막으로, 자퇴를 승낙하고 학교에서 아이 짐을 싸서 나오는 날 아이와 나는 울고 말았다. 자퇴한 아이가 부끄럽게 여겨져 밖으로 나다니지 못하게 할 만큼, 나라는 인간은 아이한테 차라리 남보다 못한 모질고 나쁜 엄마였다. 엄마라면 그러면 안 되는 거였다. 길고 긴 인생에 일이 년 뒤 처진다고 조바심 가질 필요가 없다며 진정성 없는 위로의 말을 건네긴 했으나, 내 상처가 너무 커서 아이의 마음을 제대로 보듬어 주지 못했다. 아빠의 지지와 격려의 힘으로 버텼을 딸아이. 몇 년 후 진심으로 사과하였지만, 아이의 상처가 완전히 아물었을지는 지금도 의문이다.

자퇴 후, 아이는 혼자 유럽 여행을 다니며 마음의 안정을 찾았다. 그리고 검정고시를 봐서 수도권 대학에 진학하게 되었다. 아이는 대학에서도 장학금을 놓친 적이 없었다. '대충하지.' '남자 친구도 좀 사귀지.' 엄마인 내가 오히려 그런 마음이 들 정도였다. 학기 중, 아이는 성적 우수 학생으로 선발되어 독일 뮌헨의 대학에 교환학생으로 다녀오기도 했다.

큰딸아이가 대학 입학을 앞두고 기숙사에 입소하던 첫날 쓴 편지였나 보다. 집으로 딸아이가 보낸 손 편지가 왔다. 편지를 받은 날은 나의 생일이었다. '2016년 2월 28일, 기숙사 첫날. 눈이 엄청 오늘 겨울'이란 제목의 편지였다. 아이는 아마도 나의 일기장을 우연히 보았던 모양이다.

"(중략)
내가 자퇴한 것에 대한 후회는 없지만, 엄만 안 했으면 싫었을 것이고 내심 부끄러웠겠지. 전학시키기 위해 다른 학교 가보기, 교육청 같이 가기 등 그 많은 걱정과 고민의 흔적을 보자니 이제야 너무 미안했다. 이 기적임의 끝판왕이었던 나. 미안해 엄마!
(중략)
편지 쓰는 것이 오글거리니 혼자 읽고 숨겨 두쇼!
생일 추카포카"

지금도 소중하게 간직하고 있는 큰딸아이의 편지다. 편지 받고 "녀석, 철들었네! 근데 너의 잘못이 아니었어. 주저앉지 않고 이렇게 일어나줘서 정말 고맙다."라며 나는 그만 펑펑 울고 말았다.

세월이 흐른 지금, 약간의 아쉬움이라도 남는다면 그건 지나친 욕심이다. 입사 4개월 차, 올해의 군무원 시험 문제 출제 위원으로 차출된 장한 내 딸! 딸아이는 요즘 변리사 시험을 생각 중이다. 하지만 당분간 공부에서 좀 놓여나고 싶기도 하단다. 어떻게 결정하든 엄마는 항상 너를 응원한단다, 딸아!

'소람 2' 소중한 순서로 두 번째가 아니라 둘째 딸이기에 '소람 2'다. 작은딸은 배려심이 많은 섬세한 성격이다.

"엄마, 오늘은 내 침대에 재워 줄게 같이 자자."

남편과 다투어서 우울할 때나 기분이 좋지 않을 때, 비좁은 자기 싱글 침대의 옆자리를 내어주려고 나를 부르는 소리였다. 고작 초등학생에 불과한 나이임에도, 둘째는 지 엄마의 기분을 알아차리고 섬세하게 달래주려고 노력했다. 그러면 나는 기다렸다는 듯 삐거덕거리는 비좁은 아동용 싱글 침대로 가서 둘째를 꼭 껴안고 잠이 들었다. 둘째와 자고 일어난 다음 날에는 신기하게 기분이 개어 있곤 했다.

작은딸은 내게 그런 아이였다. 정이 많고, 사랑이 많은 아이. 마음이 약해서 눈물도 많은 아이. 다독임을 받아야 할 아이임에도 엄마를 위로하는 아이였다.

둘째는 똑똑한 언니 밑에서 치이며 컸다. 엄마 마음이라, 나는 그런 둘째가 항상 짠했다. 하지만 둘째는 주위에 늘 친구가 많았다. 사람들을 곧잘 웃게 만들어 개그우먼 같다는 말을 듣기도 했다. 큰애와 달리 업어 달라며 지 외할머니 등짝에 붙어 서서 애교를 부리기도 했다. 그렇게 정을 내는 아이라, 친정엄마는 둘째가 당신이 가장 좋아하는 손녀라고 자주 말씀하신다.

둘째는 사랑이 많아 사랑을 잘 나누기도 하지만, 그래서 더욱 사랑이 고팠던 딸이 아니었나 싶다. 그런 딸에게 엄마로서 죄책감을 갖게 된 일이 있었다. 둘째가 초등학교에 입학하는 동시에 나도 공부를 시작하게 되었다. 일학년은 급식을 하지 않았다. 궁여지책으로 하교 후에 가는 미술학원에서 어린 동생들과 점심을 해결하도록 했다. 엄마의 부재가 당시 아이의 마음을 허하게 만들었을 게 불을 보듯 뻔하다. 일하러 다닌 게 아니라 공부하느라 그랬으니 더 미안한지도 모르겠다. 둘째한테 두고두고 미안한 마음이다. 남편 역시 그때 일을 내게 가끔 꺼낸다.

"공부는 대충 하더라도 아이를 건사했어야 했는데……."

남편은 미술학원에서 점심을 먹고 있는 아이를 몰래 지켜봤던 모양이다. 동생 같은 아이들과 조그만 의자에 앉아 밥을 먹는 게 어찌나 측은했는지 모른다고 했다. 그날 이후 남편은 하교 시간에 맞춰 아이의 점심을 챙겼다. 이뿐만 아니라 아이돌 가수를 좋아하는 둘째를 위해 콘서트마다 따라다닌 열혈 아빠다. 덕분에 우리 부부는 둘째와 공감대를 형성할 수 있었고, 덩달아 아이돌 가수에 열광할 정도로 젊고 세련된 감수성을 갖게 되었다.

　그랬던 둘째 딸이 이제 어엿한 숙녀가 되어 홀로서기를 한다고 선언했다. 둘째는 어릴 적부터 손맛이 좋았다. 요리를 즐겨서, 이런저런 음식을 뚝딱뚝딱 만들어 가족들에게 대접하는 걸 좋아했다. 김치찌개는 물론 된장찌개도 네 엄마 손맛보다 낫다고 남편은 둘째를 향해 엄지를 치켜세웠다. 스파게티나 샌드위치 등, 한식 양식 가리지 않고 뭐든지 맛을 내는 데는 선수였다. 그런 달란트가 아까워 전문적으로 요리를 배워 볼 것을 권유한 적이 있다. 하지만 요리를 직업 삼기는 싫다고 고개를 가로저었다. 그러더니 전기밥솥으로 무언가를 몇 번 만들었고, 급기야 '수제그릭요거트 전문점'을 창업하겠다고 식구들 앞에서 공표하는 거였다.

　남편은 추진력만큼은 둘째가라면 서러운 사람이었다. "백수 탈출시킬 기회다. 마음 바뀌기 전에 후딱 저지르자."라며 망설이는 나를 설득했다. 말로만 응원하는 게 아니라 남편은 딸과 함께 정말 가게를 계약했다. 그리고는 지인에게 부탁하여 인테리어를 하는 건 물론이고 필요한 집기 등을 장만하며 창업 준비를 서둘렀다. 그 와중에 큰애는 가게 로고 디자인을 세련되게 그려주어 우리를 감동케 했다.

　'소람 2', 나의 소중하고 예쁜 딸! 가족 합작으로 어엿이 사장님이 된 네가 대견하고 자랑스럽지만, 과연 잘할 수 있을까 걱정이 되는 것도 사실이란다. 하지만 엄마의 그런 걱정은 접어두기로 할게. 네가 직접 메뉴를 개발하고 부지런히 연구하며 창업한 네 가게가 번창하길 바란다.

생각만큼 어쩌면 매상이 팍팍, 오르지 않을지도 모르겠다. 비록 그렇더라도 돈으로도 살 수 없는 큰 경험을 하는 거라 여기며 너의 인생을 멋지게 그려 나가길 엄마는 응원한단다. 힘든 고비가 올지라도 지혜롭게 잘 헤쳐 나가기를 바랄게. 만약 실패의 과정을 통과한다면 세상 사람 모두가 항상 승자가 될 수는 없음을 생각하면서 자존감을 잃지 말기 바란다. 반대로 승승장구하는 경우라면 이긴 사람으로서 가져야 하는 도덕적 책무를 저버리지 않는 진정한 승자가 되기를 바란다. 지는 법을 가르치지 못한 엄마의 노파심에 자꾸만 말이 길어지는구나.

'소람 1, 소람 2', 사랑하는 내 딸들아! 엄마는 너희들이 무엇보다 자기가 주인인 삶을 살길 바란단다. 이후로 너희들의 꿈에 날개를 달고 맘껏 한번 날아 보려무나. 너희들의 젊음은 반짝이고, 앞으로 가꾸어 나갈 너희들의 인생은 저토록 푸르고 아름답구나. '소람 1, 소람 2', 귀하고 어여쁜 내 딸들아!

울 엄마 오정옥 씨

또 한해가 저무러(저물어) 가네
일을 안 할라(하려고) 해도 고추를 마이(많이) 따서
백 건(근)을
내니 돈이 이백이 되네.
힘들어도 노력하여 아이들에게 손 안 내밀고
사라야지(살아야지).

2020년 겨울 눈 내리는 어느 날, 엄마가 쓴 일기 중 일부다. 엄마는 올해 여든셋이다. 초등학교 문턱도 넘지 못하셨지만 한글을 독학으로 깨우쳐 자식에 대한 그리움을 일기로 쓰거나, 농사일도 틈틈이 기록으로 남기신다. 시골에 가면 나는 배를 깔고 누워 누런 종이에 삐뚤빼뚤 적어 내려간 엄마 일기를 읽는 재미가 제법 쏠쏠하기도 하고 나의 힐링 포인트이기도 하다. 엄마의 인생 노트를 좀 더 읽어보자.

이재(이제)는 당신도 건강 안 조아(좋아).

무릎 아푸다(아프다), 추이도 마이 타고 노인 다 된나
바(추위도 많이 타고 노인이 다 됐나 보다).

고생 한 건 다 지고(지나가고)

우리 오 남매 잘 자라 가정 다 만들고

손자 손여(손녀) 열명(열 명) 보면 행복하지요.

오늘 눈이 마이 오내(많이 오네).

자여들(자녀들) 모두 무사이(무사히) 오길 바람.

아마도 눈길에 운전해서 내려오는 자식들의 안전한 귀향
길을 바라며 적은듯하다. 투박한 손으로 한 줄 한 줄 적었을 엄
마 모습이 눈에 선하게 그려진다. 그런 엄마의 일기는 오늘도
현재 진행형이다.

어느 날이었다. 휴대전화 창에 '우리 엄마 오정옥 씨'가 발
신인으로 뜬다. 받아보니 대뜸

"남아, 엄마 보이나?"

하신다. 뭐가 보이냐는 말씀인 걸까? 이유인즉슨, 내게 핑
크색 잠옷을 입고 자랑하려는 거였다.

엄마한테서 전화가 걸려 오기 며칠 전, 인근 시장에 갔는
데 여름 잠옷이 쏙, 눈에 들어왔다. 비단처럼 부드러워 보이는
핑크색 잠옷이었다. 시골 계신 엄마 생각에 나는 당장 그 옷을

샀다. 특별한 일정이 없으면 주말에 자주 시골에 들르곤 했던 터라, 친구와 함께 황매산 산행 후 부모님 간식거리를 사 들고 잠옷도 드릴 겸 친정에 들렀다. 점심을 해결하고 간다고 말씀 드렸는데도 돼지고기 수육에 텃밭에서 기른 채소로 한 상 잘 차린 밥상을 받았다.

"엄마, 저녁에 깨끗이 씻고 예쁜 잠옷 입고 주무셔"

그런데 엄마는 그 핑크색 잠옷이 그렇게 좋았나 보다.

우리 엄마 오정옥 씨는 여태 2G폰을 쓰셨다. 그러다 얼마 전 스마트 폰으로 바꿨는데, 그만 그 재미에 푹 빠지시고 말았다. 수신할 때 우리 오 남매 사진은 물론 손주들 사진이 보이 도록 해 놓으시고 실제 보는 것만큼이나 반가워하신다. 그날 은 잠옷 입은 모습을 보여 주려고 내게 영상통화를 시도한 건데, 아쉽게도 내 전화기와는 사양이 달라 영상통화 지원이 되지 않은 것이다.

내가 기억하는 우리 엄마 오정옥 씨는 여장부다. 새마을부 녀회 회장직을 역임하면서 읍 대표로 상을 받을 정도로 성실하고 열정적이다. 성격도 좋아서, 어디서든 친화력 갑이었다. 그런 엄마 덕분에 길가에 자리 잡은 우리 집은 지나가는 사람들의 사랑방 같은 곳이었다.

엄마는

"내가 이래 베풀고 살면 그 공덕이 우리 아이들에게 돌아오는기라."

라며 타지에 살면서 고향을 방문한 사람들에게 항상 따뜻한 밥이나 잔치국수로 끼니를 해결해 주셨다. 추석이나 설 명절에 촌수로 따지면 집안 시동생뻘 되는 사람들이 냇가에서 미꾸라지를 잡아 와서 추어탕을 끓여 달라고 부탁할 때가 있다. 귀찮을 법도 하건만 엄마는 단 한 번도 싫은 내색을 하지 않으셨다. 올 추석이다. 이제 체력이 떨어져 힘겨워하시는 엄마 모습에 나서기 대장인 우리 신랑이 보다 못해 한마디 거들었다.

"아재들, 이제 미꾸라지 잡아서 우리 장모님께 오시지 마세요! 장모님 힘들어요."

그런데 엄마는

"그러지 마라. 오랜만에 고향이라고 왔는데, 해 줄 수 있을 만큼 하면 된다. 고향에 오면 정 붙일 곳이 있어야지."

하고 만류하시더니 배춧잎을 쏙쏙 잘라 넣어 가마솥 가득 맛있는 추어탕을 끓여 동네잔치를 하셨다.

밤새 끙끙 앓으시다가도 아침이면 거뜬히 일어나는 엄마를 뵈며 나는 엄마의 몸이 무쇠인 줄 알았다. 그런 엄마한테는 짜증을 다 부려도 되는 줄로만 알았다.

엄마를 보고 자란 나도 엄마가 되었다. 엄마가 되고 보니 엄마의 자리가 녹록지 않다. 엄마 노릇이 힘에 부쳐 '나의 엄마'

한테 주저리주저리 털어놓고 나면 또다시 힘을 낼 수가 있다.
외할머니께 불효한 생각에 후회와 회한이 남은 엄마는 살아 계
실 때 좀 더 자주 찾아뵙지 못하고 외할머니와 여행도 많이 다
니지 못한 자신을 자책하신다. 엄마처럼 후회하지 않기 위해서
라도 엄마가 살아계실 때 좀 더 자주 찾아뵈어야겠다.

　내게 잠옷 입은 모습을 보여 주려 전화하신 날, 엄마는
　"내가 잠옷이 너무 보드리하고 좋아서 입고 보여 줄라고
영상 통화하는데 내보이나?"
　말씀하시더니 이렇게 덧붙이셨다.
　"나 오래 오래 살란다. 너거들이 맛있는 것도 많이 사주고
이렇게 좋은 것도 사 주고 하는데 오래오래 살고 싶다."
　그날 드린 대답, 간절한 기원을 담아 오늘 다시 한번 더 들
려드린다.
　"그러소! 오래오래 건강히 사소, 엄마!"

참 쉬운 이 남자, 좀 괜찮네

밤 12시가 넘어 휴대폰이 울린다.

"여보 마누라!"

거하게 한잔한 모양이다. 예전 같으면 폭풍 같은 잔소리로 몰아세웠을 테지만, 이젠 미운 마음보다 애잔한 마음이 앞선다. 자다 말고 옷을 주섬주섬 입고 마중을 나선다.

어두운 골목길을 터덜터덜 걸어오던 남편은 나를 발견하고 깜짝 놀란다.

"어, 어째 알고 왔노?"

"당신이 나한테 전화했잖아."

"왜 했지?"

말은 그렇게 하면서도 은근히 좋아하는 눈치다. 마중 나온 마누라를 보니 긴장이 풀어진 듯, 조금만 쉬어가자며 벤치에 누워버린다.

'그래 밤은 길고 시간은 많으니 기다려 주마.'

술주정을 받아주는 일, 옛날 같으면 어림도 없는 노릇이다. 벤치에 누워 잠든 남편을 묵묵히 기다려 준다. 새벽 2시가 되어 갈 때쯤에야 남편은 눈을 떴고, 우리 둘은 행여 이웃에 피해가 될까 봐 도둑고양이마냥 살금살금 집으로 들어왔다. 날이 밝자 전날의 소동이 무안했던지 일찌감치 일어나 숨죽여 나가는 모습에 웃음이 났다. 출근 후,

"어제 술 많이 마셔서 죄송합니다."

라는 문자와 함께 백배사죄하는 모습의 이모티콘을 보내 온다. 그래, 용서해 주자. 호탕하게 웃으며 기분 좋은 하루를 시작한다. 마누라 눈치를 보는 당신, 당신도 이제 늙어가는 모양입니다, 그려.

남편과 나는 둘 다 어린 시절 결핍으로 인해 사랑을 주기보다 받기를 원했다. 해서 예전에는 치열하게 싸웠다. 문제의 본질을 가지고 대화를 나누기보다 상대방을 평가하고 지적하기 바빴다. 나를 반성하기에 앞서 어쭙잖은 충고로 서로의 마음에 생채기를 내곤 했었다.

우리는 서로를 알아가려고 노력하기보다 상대방이 내 마음을 백분 이해해 주리라 생각했다. 소통의 부재는 쌓이고 쌓여 서로에게 상처가 되었다. 나는 남편이 나를 아는 줄로만 알았다. 굳이 내 입으로 말하지 않더라도 나란 사람이 섬세하고 예민한 감수성의 소유자인 걸 알고, 또 그렇게 알아주기를 바

랐다.

상대방을 까맣게 모르는 건 나 역시 마찬가지였다. 나는 남편이 대단히 이성적인 사람인 줄 알았다. 하지만 남편은 상처가 많은 사람이라 따뜻한 공감이 필요한 외로운 사람이었다. 나는 이제야 겨우 그 사실을 깨닫게 된 것이다.

'나를 바꾸기도 어려운 일인데 남을 바꾼다는 건 어림없는 일이지.'

남편을 보는 시각을 달리하니 그의 거슬리는 언행에도 '그럴 수도 있지'라는 마음이 들었다. 소통의 부재로 균열이 나 있던 내 마음의 틈 속으로 남편이라는 존재가 조금씩 스며들었다. 죽은 것 같던 고목에 싹이 트듯, 내가 먼저 달라지니 남편도 서서히 변하기 시작했다. 그렇게 우리 사이에 새로운 변화가 찾아왔다.

새벽에 소동을 피워 미안한 마음에서인지 남편은 건조기 일체형인 세탁기를 흔쾌히 쾌척했다. 필시 대가성 뇌물이리라.

'흠, 골목길로 마중 한번 나간 대가치고는 제법 통이 큰걸!'

속으로 앗싸! 쾌재를 부른다. 남편이 요리만 잘하면 다루기 참 쉬운 남자라는 걸 30년이나 살고 난 오늘에야 터득한다.

저녁 식사 후, 시선이 마주치니 남편이 눈을 찡긋한다.

"어허, 가족끼리 그러는 거 아니야."

라며 나는 19금(禁) 너스레를 떨어 본다.

사람 사는 거 별거 없다는 말을 실감하는 요즘이다. 바라보는 시각을 조금 달리했을 뿐인데, 완전히 새로운 세상이 펼쳐지고 있다.

남편과 나는 첫 미팅에서 만나 마산과 대구를 오가며 7년이라는 장거리 연애 끝에 결혼하였다. 여고 시절 체육 선생님을 짝사랑한 것을 제외하면 첫사랑인 셈이다.

연애 시절 시댁에 자주 놀러 가곤 했었다. 나는 사람을 가리지 않고 친화력이 좋다. 식성이 좋아 뭐든지 복스럽게 잘 먹는다. 그런 나의 모습이 시어머니 마음에 쏙 들었던 모양이다. 우리의 결혼에 시어머니의 지지가 한몫하였다.

아직도 나에게 "새아기"라 부르는 어머니와 여태껏 얼굴 붉힌 적이 한 번도 없는 것 같다. 남편은 가끔 나에게 "장가 잘 간 거 같다"라는 듣기 좋은 말을 해준다.

2023년 2월 14일은 결혼기념일 30주년이었다.

"당신과 30년 살았으니 리마인드 웨딩이라도 해야 하는 것 아닌가?"

나는 지나가는 말을 던졌을 뿐인데, 남편은 며칠이나 발품을 팔아 스튜디오를 예약하여 감동을 주었다. 리마인드 웨딩 촬영 날, 웃어 보라는 사진작가의 요청에도 남편은 어색해서 어쩔 줄 모르는 눈치였다. 그동안 남편이 웃는 것과 거리가 멀게 살아왔구나 싶어서 가슴이 아팠다.

'앞으로 내가 많이 웃게 해줘야지.'

속으로 다짐했다.

알고 보면 다루기 참 쉬운 이 남자, 알고 보면 무척이나 괜찮다고 생각되는 내 남편이다. 이런 내 속내를 그대로 옮겨 적은 것 같은 시 한 편을 읽는다. 문정희 시인의 「남편」이다.

> 이 무슨 원수인가 싶을 때도 있지만
> 지구를 다 돌아다녀도
> 내가 낳은 새끼들을 제일 사랑하는 남자는
> 이 남자일 것 같다.
> 다시금 오늘도 저녁을 짓는다.
> 그러고 보니 밥을 나와 함께 가장 많이 먹은 남자
> 전쟁을 가장 많이 가르쳐 준 남자
>
> —문정희, 「남편」 부분

나는 글쓰기를 좋아한다. 머리보다 가슴으로 쓴다. 이성보다 감성이 앞서므로 일을 저지르고 후회하는 일이 잦지만 따뜻한 마음을 가진 나를 나는 아끼고 사랑한다. 남편과 연애 시절엔 일기 쓰듯 편지를 썼다. 남편은 그 편지를 지금도 소중히 간직하고 있다.

책 출간 제의를 받고 내 가슴에서 몽글몽글 설렘이 일었다. 오랫동안 꿈꾸어 왔던 일이다. 자질을 운운하기보다, 발을 일단 올려놓으면 가는 에스컬레이터 효과를 기대하며 승낙하게 되었다.

내가 살아 온 만큼의 경험들과 체득한 지식에 대해 진솔하게 썼다. 아마 편안하게 읽을 수 있는 글이지 싶다. 책이 출간되면 제일 먼저 친정엄마께 보여드리고 싶다. 좋아하실 모습이 그려진다. 아울러 이 책을 읽는 독자들에게도 따뜻한 공감으로 다가가길 바란다.

김인영

딸 바라기 아빠와 엄마
세상 가장 귀한 보석
그땐 그랬지
음악이 빚어낸 나만의 작품들
감성의 파수꾼들

딸 바라기 아빠와 엄마

아빠!

난 아직도 아버지를 아버지라 부르지 못하고 아빠라고 부른다. 아버지라고 하면 왠지 우리 아빠가 아닐 것 같은 어색함이 들기 때문이다.

아빠는 일곱 남매 중 다섯째로 태어나셨다. 할머니가 일찍 돌아가시는 바람에 아빠는 늘 어머니의 정을 그리워하며 유년 시절을 보내셨다. 비록 어머니의 정을 모르고 자랐지만, 아버지는 대식구 가운데서도 귀하게 대접받고 자라셨다. 명절에 친척들이 모이면 다들 아빠를 별칭으로 '옥(玉)이 아재'라고 부른다. 그런데 아빠의 맏형수님이신 큰엄마가 심부름시키면 요리조리 잘도 피해 다니셨다고 한다. 그래서 아빠는 큰엄마로부터 약간 눈총을 받기도 했다.

아빠의 어린 시절, 웃긴 에피소드 하나를 큰엄마로부터 들은 적이 있다. 때는 바야흐로 6·25 전쟁을 한두 해 앞둔 여름의 중턱이었다. 장맛비가 오락가락 내리던 어느 날이었다. 참외의 고장 성주의 한 마을에서 또래보다 큰 키에 까까머리를 한 사내아이가 동네 사촌과 함께 참외 서리를 감행했다. 겁 없이 서리한 참외를 사촌 형과 세상 여유롭게 앉아 한입씩 베어 먹고 있다가 주인아저씨의 인기척을 듣고 오십 육계 줄행랑을 쳤다. 그렇게 있는 힘껏 도망가다가 돌부리에 걸려 넘어지면서 장화 한 짝이 벗겨졌지만 들켰다는 그 공포감에 한 짝만 신고 또 달리기 시작했다. 그런데 아뿔싸! 벗어놓고 온 장화 한 짝이 화근이 되어 사내아이와 사촌 형은 그만 달리다 말고 그 자리에서 '얼음 땡'이 되고 말았다. 이 아이는 평소에 메모광이었다. 아니나 다를까 그 남은 장화 한 짝에도 친필 서명이 되어있던 것이었다. 당시 아이가 살던 시골 마을은 이웃 간에 호형호제하며 지내던 사이라 뒷모습만 봐도 뉘 집 아들인지 알 정도인데, 아이는 어린 마음에 도망만 가면 위기를 모면할 거라는 확신이 들었던 모양이다. 다행히 이름 적힌 장화 때문에 일찍 자백했고, 꿀밤 한 대로 죗값을 치르고 참외는 덤으로 푸짐하게 받아 집으로 돌아왔다. 지금 같았으면 절도죄로 처벌받거나 목돈을 치를 일이다. 하지만 그 당시의 시골 마을은 오늘날과 달리 따뜻한 정이 넘쳐났다.

그 사내아이는 자라 꼼꼼하면서 근면 성실한 자신의 성품에 맞게 공직을 택했고, 자랑스럽게도 대통령상까지 받으시고 명예롭게 정년퇴임을 하셨다. 그런 아빠의 각별한 '메모 사랑'은 여든이 넘은 지금도 여전하시다. 매 시간마다 라디오 뉴스를 청취하며 메모를 남기신다. FM 같은 아빠의 성품을 고스란히 물려받은 나지만 때때로 아빠와 부딪칠 때가 있다. 하지만 섭섭함이 오래가지는 않는다.

지금까지 '딸 바라기'를 하고 계시는 아빠가 평소에 말보다는 마음으로 사랑을 전하시는 분임을 잘 알기 때문이다.

아닌 게 아니라 아빠는 '딸 바라기'로 유명하다. 예전에 큰댁에 제사가 있어 시골에 내려가면 나를 당신의 무릎에 꼭 앉혀 두셨다. 한번은 일곱 살이나 먹은 애를 무릎에 앉히신 걸 본 숙모가 "아주버님은 딸이 그렇게 좋으세요?"라고 물어보신 적이 있다. 아빠는 사람 좋은 웃음을 지으시며 "물론이지요. 좋고말고요."라고 유쾌하게 대답하셨다. 오늘따라 아빠의 그 웃음소리가 귓가에 오래 맴돈다.

엄마!

엄마는 또 다른 한 분의 딸 바라기이시다. 그런 엄마는 닳을까 봐 부르기조차 아까운 분이다.

알다시피 엄마 세대는 6·25 전쟁을 겪은 터라 대부분 집들이 가난했다. 하지만 손재주가 많으신 외할아버지가 제빵공장을 경영하신 덕분에 엄마는 배고픔을 모르고 사셨다고 한다. 지금까지도 밀가루 음식을 안 좋아하시는 걸 보면 자랄 때 빵을 차고 넘치도록 드신 게 분명하다. 적어도 제빵공장에 불이 나기 전까지는 …….

엄마는 여덟 남매 중 여섯째로 태어나셨다. 유난히 클래식 음악을 좋아하셨는데, 예나 지금이나 예술을 하려면 경제적인 받침이 따라야 한다. 하지만 남들한테 퍼주기 좋아하는 외할아버지와 외할머니의 성품 덕분으로 집안 형편이 그리 넉넉한 편이 아니었다. 객식구가 오면 반드시 하룻밤을 재워 보내는 인심으로 항상 집에는 손님이 끊이지 않았다. 결국 엄마는 독학으로 음악을 익히셔야만 했다. 어쩌다 간간이 학교 음악 선생님께 지도받는 게 전부였으나, 타고난 재능으로 열심을 다하셨다. 그렇지만 전문가의 지도를 거치지 않은 재능은 한계가 있었다. 엄마는 큰 포부를 가지고 서울 모 여대의 성악과를 지원했지만 안타깝게 낙방하고 말았다. 이후, 외할아버지는 그동안 노력한 게 아깝다며 지방대학에 2차로 시험을 보라고 하셨다. 하지만 엄마는 여러 가지 이유로 내키지 않아 끝내 음악을 그만두셨다. 외할아버지는 조실부모한 엄마의 사촌과 육촌을 다 당신 돈으로 대학을 시키셨다. 그 돈의 반만이라도 엄마한테 쓰셨다면 얼마나 좋았을까? 전문가에게 지도받았더라면 엄마의 꿈을 펼칠 수 있었을 테고, 어쩌면 지금까지 황후의 품격을 지키며 우아하게 사셨을 텐데 하는 아쉬움이 남는다. 하지만 내가 욕심을 부려서 그렇다는 것이지, 엄마는 지금의 삶에 만족하고 사신다. 다만 당신 자식 여덟도 키우기 버거우셨을 텐데 남달리 뒷바라지한 육촌이 성공하여 높은 공직에 올랐음에도 외할아버지의 은공을 모른다고 하니 못내 서운한 노릇이다. 천성이 베풀기 좋아하는 외할아버지가 보상을 바라고 하신 분이 아님을 누구보다 잘 안다. 그걸 잘 알기에 더욱 서운한지도 모르겠다.

아무튼 엄마가 남달리 음악을 사랑한 덕분에 나는 일곱 살 때부터 집에 피아노를 놓고 노래 부르는 유년 시절을 보냈다. 나의 삶 속에서 음악을 즐기며 살 수 있게 된 건 순전히 엄마의 공인 것이다.

현재 엄마는 여든이 다 되어가는 연세임에도 가곡교실과 기타교실에 마치 입학을 앞둔 새내기처럼 설레는 마음을 한가득 안고 열심히 다니신다. 그런 엄마와 나는 모녀 관계를 넘어 친구이자 인생의 동반자, 서로의 마음을 속속들이 이해하는 소울 메이트다. 아마도 엄마는 나에게 전생에 진 빚을 갚으러 오신 게 분명하다. 내가 엄마라면 이렇게까지 딸에게 잘해줄 수 있을까를 상상해 본다. 도저히 할 수 없다고 고개를 젓게 된다. 오직 우리 엄마이기에 가능한 일이다.

흐르는 세월은 너무 힘이 세다. 지난주엔 아빠가 새벽에 화장실 다녀오면서 세면대 물을 안 잠가서 몇 시간이나 고스란히 흘려보냈다. 어제는 엄마가 뒷 베란다 보조 주방의 가스레인지 옆을 지나오면서도 불을 끄지 않아 냄비가 까맣게 타는 지경까지 이르렀다. 불이라도 났으면 어쩔 뻔했나 생각하니 등골이 오싹하다. 여든 언저리에 접어든 부모님 모습이 예전 같지 않은 게 확연히 느껴진다. 노쇠의 과정이 머리로는 인정이 되지만 가슴에 받아들여지지 않아서, 왜 그러셨냐고 볼멘소리를 하고 말았다. 두 분 모두 평생 자기관리를 철저히 해 오신 편이다. 그런데도 이런 모습이니 더 속상한 것이다. 내 마음 깊은 곳엔, 남들은 몰라도 우리 부모님만큼은 절대 무너져서 안 된다며 부정하고 싶은 마음이 자리 잡고 있다. 끝내 엄마는 서운함을 삼키시며 "너도 내 나이 돼 봐."하고 한마디 하신다.

부모가 노쇠해가는 자연스러운 과정을 자식이 인정하지 않음으로 인해 당신들 상심이 더할 거라는 걸 모르는 바 아니다. 연로하신 부모님이 서운해하는 건 뒷전인 채, 나는 나를 보호하고 돌봐주던 그때의 부모님 모습만 기억하면서 지금도 여전히 그러시길 바라는 나다. 나이 드신 부모님은 더 이상 자식이 성장하면서 봐왔던 부모님이 아니다. 그런 부모님이 안쓰럽기도 하고, 한편으로는 가는 세월에 속절없을 수밖에 없는 모습에 속상하기도 한 이 양가감정에 나는 휘둘리고 있다.

하지만 지금까지는 당신들이 날 돌보셨다면 이제는 내가 두 분을 돌봐드릴 차례다. 점점 어린아이가 되어 가는 당신들 모습에 신경이 곤두설 때도 있지만, 이해하고 받아들여야 한다. 부모님이 무조건, 그리고 한없이 사랑을 베풀어 주는 축복과 행운이 무한하지 않음을 명심해야 한다. 그러니 꿈을 깨자!

건강에 별 이상 없이 곁에 계셔주시는 것만으로도 축복이고 행운이 아니겠는가.

아빠는 오늘도 체력이 떨어지지 않도록 산책하러 나가신다. 그리고 엄마는 오늘도 기타 치며 노래 부르신다. 이처럼 두 분 모두에게 건강이 허락됨을 진심으로 감사드린다. 생각해 보면 부모님의 헌신적인 사랑을 받고 자란 나는 세계적인 갑부 빌 게이츠도 부럽지 않다. 부모님께 받은 사랑을 절반만이라도 돌려드릴 수 있으면 좋겠다. 표현하지 않는 사랑은 사랑이 아니라고 했던가? 성격 핑계는 그만 대자. 쑥스러움을 접어두고 용기를 내는 거야! 내가 두 분께 더 많은 사랑과 감사를 표현하며 산다면, 이런 생활이 부모님의 무병장수에 촉매제가 될 게 틀림없다.

이제 지천으로 봄꽃들의 향연이 펼쳐질 것이다. 흐드러지게 핀 벚꽃을 보러 경주에 갈까? 아니면 유채꽃 만발한 제주도로 날아가 볼까? 부모님과 함께할 꽃놀이 생각에 마음은 일찌감치 신을 꿰차고 현관문을 나선다.

세상 가장 귀한 보석

한 세기가 저물고 21세기가 열리던 2000년, 그것도 계절의 여왕 오월에 우리 가족 모두 그토록 기다리던 조카가 밀레니얼 베이비로 태어났다. 오빠 부부가 결혼 5년 반 만에 어렵게 얻은 아이였다. 우리 가족에게 선물로 온 공주님이 너무도 반갑고 귀해서 바닥에 눕혀놓을 새도 없이 서로 안아주고 업어주며 키웠다. 조카는 유난히도 나를 따랐다. 돌 사진을 찍으러 가서는 고모인 나한테서 도무지 안 떨어지려는 바람에 사진 찍기에 실패하고 그냥 돌아와야만 했던 적도 있었다. 그때 올케 언니가 속상해하던 표정이 지금도 또렷하다.

내게는 조카 덕분에 갖게 된 가족과의 추억이 많다. 그 애가 세 살 무렵, 가족 모두 보성 녹차밭과 한반도 최남단 땅끝 마을로 여행을 간 적이 있다. 조카에게는 첫 장거리 여행이었다. 바뀐 환경에 적응하기 힘든 탓이었을까? 조카는 무려 10시간 가까이 소변을 보지 않았다. 불안한 마음에 우리는 결국 1박을 포기하고 말았다. 그래서 가시거리 1m도 채 안 되는 안개 자욱한 88고속도로를 쉼 없이 달려 새벽에 집으로 돌아와야만 했던, 강제 무박 여행의 추억도 가지게 되었다.

그렇게 예민하게 굴던 아이는 다섯 살 반이 되던 해, 가족을 따라 서울로 이사 갔다. 이사 간 후로는 유치원에 다니면서 또래와도 잘 어울리고, 서울의 신문물을 거부감 없이 잘 받아들였다. 하지만 조카는 초등학교 고학년이 되자 우리나라의 주입식 교육을 힘들어했다. 결국 오빠 가족은 여러 가지 상황이 맞아떨어지기도 해서, 조카가 중학교를 마치자마자 미국으로 이민 갔다.

이민자가 된 조카는 처음에는 자국민이 아니라는 이유로 차별을 받아 많이 속상해했다. 그래도 로마에 가면 로마법을 따라야 한다는 걸 재빨리 터득하고 별 탈 없이 잘 적응하는 눈치였다. 전해오는 소식에 의하면 조카에게 고마운 인연도 많았다. 미국인 선생님 중 한 분이 대한민국에서 병역 근무를 한 경험이 있다고 했다. 선생님은 한국에서 온 조카가 반가웠던지 자신의 딸이 사용하던 하프를 직접 싣고 와 조카에게 빌려 주기도 했다. 이렇듯 조카와 관련한 에피소드 중에는 소소하게나마 감사할 거리가 많았다. 겉모습만 다를 뿐이지 사람 살아가는 모습은 어디나 비슷한 것 같았다. 나중에 올케언니가 보내온 조카의 고등학교 졸업식 영상을 보니 백인들과 유색인들 사이에서 어찌나 위풍당당하게 걸어 나오던지……. 멀리서 보면 마치 교장 선생님인 줄 착각이 들 정도였다. 훌쩍 성장한 조카의 모습은 가슴이 뭉클하도록 대견했다.

고등학교를 졸업한 조카는 간호대학에 입학했다. 대학생이 된 조카는 우리나라 고3 수험생보다 더 혹독한 캠퍼스 생활을 했다. 작년 겨울, 내가 미국을 방문했을 때였다. 조카는 새벽까지 시험공부를 하고 미처 해도 뜨기 전에 집을 나섰다. 혼자 운전해서 실습병원으로 출발하는 뒷모습이 안쓰럽기도 했지만, 한편으로는 당당하게 운전하는 모습이 근사해 보였다. 그렇게 조카는 간호학도로서 4년 동안의 수련 과정을 거쳤다. 또 전문 직업인이 되기 위해 수많은 크고 작은 테스트를 거쳐야 했다. 그리고 마침내 합격해서 종합병원 산부인과의 간호사가 되었다.

고모에게 도움이 될 성형외과나 피부과를 택하지 왜 하필이면 산부인과를 선택했냐고, 조카에게 농담처럼 물어본 적이 있다. 조카는 아기가 출생하는 순간, 온 가족이 가장 행복한 순간을 맞이할 때의 그 벅찬 감격이 자신에게도 오롯이 전해져서 덩달아 행복해지기 때문이라고 했다. 조카는 세상에서 가장 순수한 모습이 신생아가 웃는 모습이라고도 했다. 신생아의 웃음을 보면서 간호사로서의 보람과 희열을 느낀다는 거였다. 나 역시 조카를 처음 만나던 그때가 희열로 가득한 순간이었다. 병원 신생아실에서 한쪽 눈만 빼꼼히 뜨던 녀석과 눈을 맞추던 때가 생각난다. 꼬물꼬물 엉금엉금 자라나, 이제는 어엿한 간호사가 되어 자신의 신생아 시절을 떠올리게 하는 아기들을 돌보며 살아간다는 게 신기하기만 하다.

며칠 전, 조카에게 전화가 왔다. 근무 병원에서 '이달의 친절 간호사상'과 평생 한 번 받는 '신인상'을 자신이 받았다며 목소리에서부터 상기된 표정이 느껴졌다. 참 기특하다. 동양인으로는 중국인 한 명과 자신 둘뿐이고 나머지는 유럽과 미국인들인데, 그 가운데 뽑혔으니 자부심을 가져도 될 법하다. 한국말이 그립다며 전화기 너머에서 한참을 조잘거렸다. 곧 월급을 받는다고, 휴가 땐 와이키키 해변을 거닐 거라고 했다. 영화 '킹콩'의 촬영지인 뉴욕 엠파이어스테이트 빌딩에 가서 멋진 야경도 감상할 거라며, 나더러 미국에 와서 함께 맨해튼 호텔에서 1박을 하자고 했다. 나 말고 남자친구나 만들어서 함께 가라고 했더니 호텔은 결혼해서 남편이랑 가야지 무슨 소리냐며 펄쩍 뛴다. AI가 사람을 대체한다는 첨단의 시대에, 조선 여인의 정숙함을 DNA로 물려받은 숙녀가 미국의 어느 주에 살고 있다니 웃음이 난다. 정말 핏줄은 못 속이나 보다.

조카는 얼마 전 까지만 해도 올여름 휴가 때 한국에 나올 계획이라고 했다. 그러다가 사정이 있어서 못 올 것 같다는 아쉬운 소식을 전해왔다. 안 그래도 엄마는 당신 손녀 먹을거리를 작년 겨울부터 준비하셨던 터라, 이만저만 서운해 하시는 게 아니다. "앞으로 내가 그 애를 몇 번이나 더 보겠어?"라고 하시며 눈시울까지 붉히셨다. 덩달아 나도 조카가 갑자기 보고 싶어진다. 이참에 조카에게 영상통화라도 넣어 봐야겠다. 그런데 아차차! 시차가 맞질 않는다. 이 시간이면 조카는 한참 곤하게 자고 있을 시각이다.

세상에 빛나지 않은 생명, 기쁘지 않은 탄생이 어디 있을까? 그래도 조카는 나에게 만큼은 이 세상 누구보다 귀하고 소중한 생명으로 왔다. 조카가 다섯 살이 넘을 때까지 주말마다 그 아이와 함께 보낸 시간은 내게 소중한 추억으로 남았다. 오빠 가족이 서울로 떠나던 날, KTX 창 너머로 보이는 조카를 향해 다시는 못 볼 사람처럼 굴었던 기억이 지금도 선명하다. 울며불며 이산가족 생이별을 방불케 하는 장면을 연출한 게 엊그제 같은데…….

머나먼 미국 땅에서 대한민국 국민임을 잊지 않으면서 당당히 살아가고 있는 리디아 킴. 자랑스러운 내 조카를 응원한다. 더불어 아픈 사람들을 치료하고 귀한 생명을 다루는 전 세계의 의료진들에게도 감사의 마음을 전하며, 조카의 앞날에 행운이 가득하기를 바란다.

그땐 그랬지

초등학생 때까지만 해도 나의 성격은 다소곳한 지금과는 사뭇 달랐다. 방과 후면 집으로 와서 가방은 현관문 앞에 냅다 던져두고, 해가 깜빡 떨어질 때까지 친구들이랑 온 동네를 싸돌아다니느라 밥때를 놓친 적이 한두 번이 아니었다. 그래서 엄마는 해 질 녘이면 선머슴 같은 딸을 찾아다니시는 일이 일상이 되어 버렸다. 그땐 주택에 살았는데, 그 높은 담을 뛰어내리는 장난을 치며 놀기도 했다. 지금 돌이켜보면 간담이 서늘한 노릇이다.

그러고 보면 오늘날의 이 단단한 체력은 담장 뛰어내리기를 하면서부터 다져지기 시작한 모양이다. 자그만 계집애가 도무지 겁이라고는 모르고 도전적인 행동을 서슴지 않아 나를 향한 엄마의 레이더엔 항상 빨간불이 켜져 있었다. 하지만 아들인 오빠는 딸인 나와 달리 조용하고 항상 책을 가까이했고, 엄마는 또 그걸 몹시 아쉬워하셨다. "바까('바꿔'의 경상도식 사투

리) 됐어야 되는데" 하시면서 말이다.

그렇다고 내가 아픈 것도 모르고 항상 씩씩하게만 자란 건 아니다. 병치레가 잦아서 네다섯 살까지만 해도 겨울만 되면 엄마 등에 업혀 감기 주사 맞으러 병원에 다니는 게 계절 행사였다. 오죽하면 병원에서도 "엄마 껌딱지 인영이 또 왔어?"라고 할 정도였으니 말이다. 게다가 유전적인 영향이었는지는 몰라도 항상 저혈압성 빈혈을 달고 살았다. 그러고 보니 외할머니 역시 어지럼증이 있으셔서 평생 거울 들여다보는 모습을 뵌 적이 없다.

나의 빈혈은 꽤 심각했던 모양이다. 유치원 다닐 때였다. 외할아버지께서는 마치 병에게 최후통첩이라도 하듯, 엄마마저 떼놓고 나만 데리고 시골 외가댁으로 가셨다. 땅거미가 짙게 깔릴 즈음, 외할아버지는 집 뒤뜰로 나를 업고 가셔서 부뚜막 앞에 서셨다. 외할아버지는 "우리 외손녀 인영이 머리 말끔히 낫게 해 주이소." 하시면서 부뚜막을 향해 절을 하셨다. 그리고는 나보고도 절을 하라고 시키셨다. 절을 시키신 후에 흰 사발에 든 진한 액체를 들이키게 했다. 나중에 안 사실인데 그 진한 액체가 염소 피였다고 한다. 낮에 먹으라고 하면 내가 기겁하고 도망갔을 테니 어두컴컴한 시간을 골라 공략하셨던 모양이었다.

'지성이면 감천'인가! 미신에 기댄 민간요법과 외할아버지의 지극 정성이 어우러져 '빈혈 완치'라는 성공작이 만들어졌다. 부모님 사랑에 외조부모님 사랑까지 듬뿍 받고 자랐으니, 정말 감사한 일이다. 이러한 무한한 내리사랑에 힘입어, 나의 활달한 기질은 주로 동네 남자아이들과 같이 어울려 다니는 것으로 유감없이 발휘되었다. 여자애들이랑 하는 공기놀이, 종이 인형 옷 입히기 놀이는 적성에 안 맞았다. 남자애들이랑 하는 딱지치기, 장난감 총 놀이가 더 신나고 재미있었다. 여름이면 일명 '모기 차'라 불리는 방역차에서 뿜어 나오는 희뿌연 소독약을 해로운 줄 모르고 손뼉을 치며 따라다닌 기억도 생생하다. 그 매캐한 약에 자주 노출된 덕분(?)인지 여태껏 모기에 물려 고생한 적은 별로 없다.

박장대소할 만큼 웃기면서도 한편으로는 쥐구멍에 숨고 싶을 정도로 창피한 에피소드를 하나 소개해야겠다. 초등학교 1학년 운동회 때다. 반 계주에서 앞 친구 배턴을 받아 쥔 순간이다. 앞으로 곧장 달려 나가야 하는데, 배턴을 넘겨받은 나는 냅다 반대 방향으로 뛰고 말았다. 그날 모인 사람들 배꼽을 빠지게 하는 이벤트를 선사한 거였다. 엄마가 "일로 말고 절로!"라고 외치며 아연실색하던 모습이 지금껏 잊히지 않는다. 그 순간 엄마가 외친 소리는 "여기로 말고 저기로"라는 뜻의 경상도 방언이다. 엄마의 억센 방언까지 더해져 그날의 상황은 한마디로 황당한 재미 그 자체였다. 아무튼 이 사건이야말로 나의 4차원적 기질이 처음으로 발휘된 순간이 아니었나 싶다.

그렇게 다소곳함과는 거리가 멀던 나는 음악을 본격적으로 하게 된 시점부터 성격이 바뀌기 시작했다. 중학교 때 본격적으로 음악을 시작했으니, 당시의 사춘기 감수성이 지금의 성격을 형성하는 데 큰 역할을 한 것 같다.

기왕 어린 시절 얘기를 꺼낸 김에 '노래'에 얽힌 이야기도 하고 넘어가야겠다. 내 전공은 피아노다. 그렇지만 사실 피아노를 치는 것보다 노래 부르기를 더 좋아했다. 이건 아마 노래를 좋아하는 엄마한테서 물려받은 유전적 기질일 거다.

학교 마치면 가방 던져놓고 나가 놀기도 차츰 시들해질 무렵, 나는 집에 오자마자 마당에서 노래 부르기를 유일한 낙으로 삼았다. 매일처럼 거의 같은 시간에 불렀기에, 이웃 사람들은 '저 집에 라디오를 크게 틀어놓았나?' 하고 생각했다고 한다. 내가 나를 놓고 얘기하기로는 민망하지만, 정말 어릴 땐 꾀꼬리 같은 목소리였다. 그래서 성악을 전공하려고 당시 수성구에 꽤 유명한 음악학원에 상담을 간 적도 있다. 가는 날이 장날이라고, 하필이면 성악선생님이 안 계시는 날이었다. 지금처럼 클릭 몇 번으로 쉽게 정보를 얻을 수 있는 세상이 아니었기에 다른 성악 학원은 알아보지도 않았다. 뿐만 아니라 당시 담임선생님이 같은 동네에 사셔서 조언을 구했는데, 그게 오히려 내 인생을 평범하게 만든 계기였다는 아쉬움이 남는다. 선생님께서는 내가 예쁜 목소리를 가졌지만 성대가 약하다며 성악보다 피아노를 전공하라고 권유하셨다. 선생님이 성악 전공자가 아니셨다. 그러니 정확한 판단을 내리신 게 아닐 수도 있다. 그렇지만 당시엔 선생님 말씀이라면 지금과는 비교할 수 없을 만큼 권위가 있었다. 선생님 말씀이 곧 법처럼 들리던 시절이었다. 인격적으로도 굉장히 훌륭한 분이라 더 신뢰했는데 지금 생각하면 선생님이나 나나 섣부르게 판단했다는 생각이 든다. 선생님 충고는 그저 참고만 하고, 내가 가고 싶은 길을 개척했으면 지금쯤 세계적인 소프라노 가수가 되었을지도 모른다. 하지만 나는 미련을 떨치고 이것도 다 운명이라 받아들이자 마음먹는다. 어릴 적 바깥으로만 나돌던 개구쟁이 같던 아이도 나고, 그 후로 다소곳해진 얌전한 소녀도 나다. 이런 모습도 있고 저런 모습도 존재하는 나를 지금보다 조금 더 괜찮은 나로 발전시키는 것이 앞으로의 소명일 거다.

가끔 머리가 복잡할 때면 어릴 적 불렀던 동요집을 꺼내 노래 부른다. 부르다 보면 어린 시절 추억이 떠오르고, 예쁜 노랫말로 말미암아 마음의 정화가 자연스럽게 일어난다. 노을이 아름답던 어느 해 질 무렵, 옥상에 올라가 불렀던 작곡가 이수인 선생님의 동요 '별'이 새삼 흥얼거려진다.

바람이 서늘도 하여

뜰 앞에 나섰더니

서산머리에 하늘은

구름을 벗어나고……

음악이 빚어낸 나만의 작품들

음악인들 사이에 회자하는 명언 중 이런 말이 있다.

"연습을 하루 거르면 자신이 알고, 이틀 빠지면 비평가가 알며, 사흘 안 하면 청중이 안다."

그런 이유로 명연주자들조차도 휴가지에까지 악기를 들고 갈 정도로 연습에 손을 놓지 않는다. 그만큼 음악은, 그중에서도 특히 피아노 연주는 연주자의 실력을 투명하고 솔직하게 드러내는 게 특징이다. 그걸 잘 아는 피아니스트들은 자기 자신과 외부환경과의 사이에서 인내심을 발휘하며 마치 핑퐁 게임을 하듯 하루치의 연습 분량을 채워야만 한다. 나 역시 그런 음악인으로서 후회되지 않은 삶을 살고자 대학원을 마칠 때까지, 들은 명언을 교훈 삼아 최선을 다해 연습했다.

연주자로서 나의 인생을 한마디로 요약하자면 레슨인으로서의 삶이라고 할 수 있다. 나는 대학교 4학년 때부터 피아노 레슨을 시작했다. 이후로 음악학원을 운영하면서 레슨을 본격적으로 하게 되었고, 지금까지 나에겐 오직 레슨이라는 '한 우물 파기'의 외길이 존재했을 뿐이다. 살아오면서 다른 소소한 기쁨이 없지 않았다. 당시 경쟁률 1위에 오른 아파트에 당첨되는 행운의 주인공이 돼본 적도 있고, 이러저러하게 남들보다 앞서가거나 성공할 때도 있었다. 하지만 그런 데서 오는 기쁨은 그리 오래가지 않았다. 돌이켜 보면 제자들을 보며 느끼는 뿌듯함보다 더 의미 있고 소중한 건 없었다. 그런 까닭에 스승과 제자 사이는 돈으로 사거나 다른 무엇으로 대체가 안 되는 소중한 관계가 아닐까 싶다.

제자인 학생은 그 학부모와 떼놓고 생각할 수 없는 관계다. 15년 가까이 학원을 운영하면서 학부모님들을 많이도 만났다. 나는 수강생을 모으는 데만 급급하지 않았다. 상담할 때도 신중하게 하고, 또 전심으로 학생을 가르친 덕분인지 소위 남들이 말하는 '진상' 학부모를 만난 적이 한 번도 없다. 감사한 일이다. 학원을 그만두던 날, 한 학부모님이 손수 포장한 작은 선물을 건네며 울먹이시던 모습이 지금도 가슴 먹먹하게 떠오른다. 그분은 가정 형편이 그리 넉넉지 않은 분이셨다. 하지만 평소에 꾸밈없이 환하게 웃는 웃음 속에서 행복하게 사신다는 걸 충분히 알 수 있는 분이었다. 울먹이시는 그분과 함께 눈물을 흘리던 순간이 아련하다.

나의 30대와 40대는 일 중독자로 보낸 시기였다. 학원 레슨을 마친 후, 저녁에는 개인 레슨으로 바쁜 시간을 보냈다. 월화수목토일월화수목금토일…, 하루도 빠짐없이 다람쥐 쳇바퀴 돌 듯 살았다. 특별한 목적이 있었던 것도 아닌데 그랬다. 천성이 부지런했던지 바쁜 게 좋았다.

　개인 레슨은 말 그대로 일 대 일의 관계다. 앞서도 말했다시피 학생과의 관계 이전에 학부모와의 관계가 우선이고, 여기에는 무엇보다 '인연설'이 많이 작용한다. 대학교 4학년 햇병아리 선생으로 처음 방문 레슨을 시작해, 지금은 이름을 일일이 기억하지 못할 정도로 학생들을 많이 만났었다. 개인 레슨이고, 또 비교적 오랜 시간 함께 하다 보면 자연스레 끈끈한 정이 생긴다. 그중에서도 두 가정은 거의 14년간을 함께 했었다. 그러다 보니 아이들의 성장 과정을 곁에서 차근차근 다 지켜본 셈이다. 내 자랑 같아서 쑥스럽지만, 장장 14년간을 시간 약속 한번 어기지 않고 지켜냈다는 것은 누구나 쉽게 만들어낼 수 있는 결과물이 아니라고 생각한다. '대한민국에서 가장 성실한 선생님!'이라는 찬사가 과분하지만, 내심 뿌듯한 심정인 것도 사실이다.

　그렇지만 말이 14년이다. 그 긴 시간이 결코 쉽지만은 않았다. 남매 중 오빠가 포기하면 동생을 이어서 가르친 적도 있고, 자다 깬 아이가 피아노가 치기 싫다고 투정을 부릴 땐 달래가며 안아서 피아노 앞에 앉히는 곤욕을 치르곤 했다. 아이들에게 레슨만 한 게 아니라 그 애들을 데리고 간간이 음악회에도 갔었다. 음악이 선사하는 심미적 체험을 현장에서 직접 느끼도록 하고 싶어서였다. 그렇게 애쓴 감성교육의 결과가 대부분 서울대학교 합격이라는 좋은 결실을 맺게 했다. 두 가정의 네 아이 중 세 명이 서울대에, 나머지 한 명은 중앙대에 입학했으니 선생으로서 쾌거를 거두었노라고 자부할 수 있다.

부전공으로 피아노를 선택한 한 아이는 교수님으로부터 잘 배웠다고 칭찬을 들어 기분이 좋았다며, 감사의 인사를 전해오기도 했다. 두 가정의 아이들 중 한 명은 수재였다. 대구과학고등학교를 조기 졸업하고 서울대에 입학하더니 국가장학금을 받고 하버드에 입학해 박사 과정까지 마치는 눈부신 도약을 보여주었다. 2년 전, 이 학생의 어머님이 반가운 소식을 전해 주셨다.

"우리 첫째 아이가 선생님의 사랑으로 피아노를 잘 배워 같은 학교 동문인 피아니스트와 결혼하게 되었어요. 음악으로 사랑을 알게 되었고, 음악으로 그 사랑의 결실을 맺게 되었답니다. 감사한 사람들 중에서도 선생님이 가장 먼저 떠올랐어요."

이보다 더 큰 보람이 어디 있을까 싶을 정도로 반가운 소식이었다. 오직 한길을 묵묵히 걸어오다 보니 신뢰가 바탕이 되어 아름다운 인연이 맺어졌고, 이렇게 가슴 흐뭇한 일도 겪게 된다. 나름 교육자로 걸어 온 길을 되돌아보니 '교학상장(敎學相長)'이라는 말이 딱 맞는 말이다. 가르치는 것에 그치지 않고 학생을 통해 그리고 학부모님과의 관계 속에서 많은 것을 배우고 함께 성장하기 때문이다. 이제는 음악인으로서의 길을 걷는 제자들은 음악의 길을 뒤따르는 후배이기도 하다. 그들에게 음악인의 길을 열어주었다는 보람은 무엇과도 비길 수 없다. 그들 모두 이제는 가정을 꾸렸고, 대한민국의 인재로서 각자의 전문 분야에서 제 몫을 하고 있다. 나는 그 제자들이 자랑스럽다.

책은 잘못 쓰면 지우고 다시 쓸 수 있다. 그러나 인생은 다시 쓸 수도, 남이 대신 써줄 수도 없다고 모리스 마테플링크는 말한다. 음악을 가르치는 교육자로서 살아온 나의 삶 역시 누구도 대신 써 줄 수 없다. 화가는 그림이, 작곡가는 자신이 만든 곡이, 그리고 나의 작품은 삶의 현장 여기저기서 성실하고 멋있게 살아가는 나의 제자들이다. 그들이야말로 인생이라는 나의 도화지 위에 그려진 멋진 작품들이다.

감성의 파수꾼들

나의 감수성은 라디오 음악방송으로 키워졌다고 해도 과언이 아니다. 그중에서도 최고로 애청하는 프로그램은 MBC FM4U에서 매일 저녁 6시부터 8시까지, 2시간 동안 방송하는 '배철수의 음악 캠프'다. 해가 뉘엿뉘엿 넘어가는 저녁, 특유의 시그널 송과 함께 시작하는 이 프로그램은 배철수 씨가 진행하는 최장수 라디오 프로그램이자 MBC FM4U의 자존심이라고 할 수 있는 프로그램이다. 현재 방영 중인 한국의 모든 라디오 프로그램 중, 진행자가 교체되지 않고 가장 오래 이어져 오고 있는 프로그램이라고도 한다. '배철수의 음악 캠프'는 시작부터 압권이어서, 오프닝 음악은 비엔나 심포닉 오케스트라 프로젝트가 연주한 롤링 스톤스의 '(I Can't Get No) Satisfaction'이다. 묘하게도 가슴이 뛰게 만드는 곡이다.

배캠이라는 애칭으로도 불리는 '배철수의 음악 캠프'는 사계절 중 겨울에 들어야 제격이다. 겨울은 해가 짧다. 나는 보통 6시 30분쯤 저녁을 먹는데, 해가 짧아 어둑어둑해 오는 이 시간에 뭔가 애매한 기분이 들고는 한다. 그나마 '배철수의 음악 캠프'라는 라디오 프로그램이 있어서 입맛 돋우는 애피타이저 역할을 단단히 한다. 워낙 오래 애청자 노릇을 해서인지, 저녁만큼은 배철수 씨의 목소리를 곁들여야 밥이 잘 넘어가는 느낌이다.

'배캠'은 지난 3월 19일, 방송 33주년 기념일을 맞았다. 이 프로그램의 최고 장점은 뭐니 뭐니 해도 DJ 배철수 씨로부터 비롯한다. 푸근한 목소리에 과하지도 모자라지도 않는 위트, 뛰어난 곡 해석 능력, 박학다식한 음악 상식 등. 그렇더라도 배철수 씨의 성실함이 없다면 그가 가진 모든 장점은 빛을 발하지 못할 것이다. 연력을 찾아보니 그는 1990년부터 시작해 올해로 33년째 MBC 라디오 부스를 지키고 있다. DJ 배철수 씨의 꾸준함에 경의를 표하지 않을 수 없다. 3년도 쉽지 않은 기간인데, 강산이 세 번 넘게 변한 33년이라는 긴 세월 동안 방송 펑크 한번 없이 매일 그 자리에서 그 시간을 지켜 온다는 건 누구나 쉽게 할 수 있는 일이 아니지 않은가.

나는 '한결같다'라는 말을 참 좋아한다. 신뢰가 담긴 단어를 좋아한다니, 남들 눈에는 다소 고지식해 보일 수도 있겠다. 하지만 부모 자식 사이도 믿음이 흔들리는 요즘 같은 세상에,

이 '한결같음'이야말로 거친 세상을 살아가는 데 다른 어떤 것보다 든든한 위로가 된다. 애석하게도 세상은 더 이상 '한결같음'의 가치를 높이 사지 않는다. 시류에 따라 발길을 옮기는 것이 성공하기에 더 좋은 세상이 되어 버렸다.

그래도 '한결같음'이 주는 느낌은 가마솥에 푹 끓였을 때 우러나오는 진국처럼 든든하다. 아무리 세상이 변해도 흔들림 없는 가치는 필요하다. 배철수라는 이름을 간판으로 내건 프로그램이 아직도 건재한 이유는 그 한결같음의 가치를 아는 사람들이 애청자로 남아 함께 호흡하기 때문일 것이다. 진득함이라고는 찾아보기 힘든 세상에, 33년 동안 같은 시간에 같은 자리를 지켜 온 DJ와 애청자는 서로가 서로에게 고마운 존재다.

비 오는 날의 라디오 음악방송도 빼놓으면 섭섭하다. 비가 추적추적 내리는 날, 고소한 부침개에 동동주를 곁들이는 게 최고라지만, 내게는 라디오에서 흘러나오는 음악보다 멋스러운 친구는 없다. 비 오는 날에 듣는 노래 가사는 모두 나의 이야기 같기만 하다. 비 오는 날, 라디오에서 흘러나오는 음악은 감수성을 자극하기에 모자람이 없다.

한편으로 라디오 음악방송이 가진 장점은 DJ와 청취자 사이에 끈끈한 정이 존재한다는 거다. 청취자를 향한 DJ의 사랑은 전파를 타고 청취자들에게 가 닿는다. 그리고 청취자들을 라디오 옆으로 불러 모아 옹기종기 둘러앉게 만든다. 눈에 보이지 않는 사이지만 라디오는 같은 프로그램을 듣는 애청자들이 '우리끼리'라는 유대감을 자연스레 형성하게 만든다. 그래서인지 심야 시간 라디오 DJ들은 청취자 한 명 한 명과 데이트한다고 표현하기도 한다. 청취자 편에서는 한 사람의 DJ를 두고 몇천, 몇만의 사람들이 한꺼번에 데이트하는 셈이다. 그러면서도 다툼이 없이 서로 사이가 좋다는 것도 특징이라면 특징이다.

라디오 DJ들 중에서 굳이 나의 데이트 상대를 꼽자면, 밤 10시에서 12시까지 진행하던 'FM음악도시, 성시경입니다'의 진행자인 성시경 씨다. 나는 꼬박 3년간이나 그와 데이트했다. 딱 한 번, 나의 신청곡이 채택된 적이 있다. 성시경 씨가 슈크림처럼 달콤한 목소리로 "김인영 님께서 신청하신 제 노래 '두 사람'을 들어보도록 하겠습니다."라고 읽어주는데, 그 순간에 나는 정말로 심장이 터지는 줄 알았다. 그렇다고 DJ를 위해 라디오 부스로 야식을 보내거나 선물 공세를 하는 열성 청취자까지는 아니었다. 그저 조용히 숨어 지내며 속으로만 DJ를 열렬히 응원하는 숫기 없는 애청자였다.

'2시의 데이트'와 '별이 빛나는 밤에'는 DJ가 몇 차례나 바뀌었다. '별이 빛나는 밤에'는 연말 결산으로 한 해 동안 청취자들이 보낸 엽서 가운데 가장 예쁜 엽서를 선정해 푸짐한 상품을 주기도 했다. 90년대는 지금처럼 즐길만한 밤 문화가 발달하지 않았다. 소녀 감성을 가진 여성들에겐 예쁜 엽서 꾸미기가 큰 행사 중의 하나였고 당첨되면 큰 자랑거리였다. 하지만 그림 그리기에 영 젬병이던 나는 도전할 생각조차 하지 못했었다. 그렇게 라디오 음악방송으로 감성을 키운 나는 익어가는 나이가 된 지금도 라디오 사랑이 여전하다. 라디오 듣기를 즐기는 건 가족들도 마찬가지다. TV가 고장 나 없앤 지가 벌써 수년째지만, 손님으로 온 이들 외에는 아무도 불편함을 못 느낀다. 장르 불문하고 항상 음악이 흐르는 우리 집이야말로 내겐 유토피아나 다름없는 안식처이다.

행복은 멀리 있지 않다. 음악이 흐르는 우리 집 여기저기에서, 음악에 취한 나의 마음속에서 행복은 날마다 샘물처럼 솟아난다. 오늘 저녁도 배철수 씨는 굳건히 제자리를 지키며 음악을 들려준다. 일흔이 넘은 든든한 감성의 파수꾼이 있기에, 나의 저녁은 날마다 아름답다.

글을 쓴다는 것은 내 안의 또 다른 나와 오롯이 마주하는 진솔한 행위다. 끊임없이 분출되는 희로애락의 감정들을 활자화했을 때의 생경함, 그것은 내 안에 또 다른 세계가 있음을 보여줄 것이다.

글을 쓰면서 나의 존재 이유인 가족과 내 주변을 둘러싼 인연들, 심지어 일면식도 없는 지구 저편의 사람들까지 떠올려 보는 인류애를 발휘해 본다. 챗GPT로 문명의 이기는 충분히 누리지만 인간의 존엄성이 훼손당한다는 느낌을 지울 수 없다. 이러한 현실에서 마음과 마음을 나누는 일, 즉 '공감'이 더 귀하게 느껴진다. 그래서 나는 온기가 묻어나는 글로 세상과 소통하고 싶다. 저마다가 피워낸 이야기들로 한 권의 책이 출간되는 것은 애송이 작가들에게 신선한 도전의 산물이리라.

끝으로 딸의 내적 성장을 위해 한량없는 응원을 해주신 부모님과 가족들께 감사와 사랑을 전한다.

박영민

아버지의 손목시계

발길을 돌리려고 바람 부는 대로 걸어도
돌아서질 않는 것은 미련인가 아쉬움인가
가슴에 이 가슴에 심어준 그 사랑이
이다지도 깊은 줄은 난 정말 몰랐었네

청소를 마치고 잠시 쉬려고 소파에 기대앉는데, 라디오에
서 가수 최병걸의 「진정 난 몰랐었네」가 흘러나왔다. 창밖을
보니 바람이 제법 거센 모양이었다. 빗방울이 춤추듯 휘날리는
걸 보며 노래의 후렴구를 따라 불러 봤다. "진정 난 몰랐었네,
진정 난 몰랐었네…" 예전에 아버지가 즐겨 부르시던 노래다.
무심코 흥얼거리던 내 목소리가 점점 떨리는 듯하더니 갑자기
눈에 눈물이 핑 돌았다. 어느새 아버지 생각이 홍수처럼 밀려
왔다. 『잃어버린 시간을 찾아서』에서 마르셀에게 콩브레의 추
억을 환기시켰던 마들렌처럼, 아버지가 좋아하시던 노래가 나
를 아련한 추억 속, 과거의 시간 속으로 순식간에 데려다 놓았

다. 그리고 내 무의식 속에 꽁꽁 묶어 두었던 아버지를 그리움 이라는 이름으로 불러냈다.

사실 아버지는 내게 오랫동안 원망의 대상이었다. 엄마 생전, 그분께 당신이 잘해준 게 없었다는 게 내가 아버지를 원망하는 이유였다. 나는 엄마에 대한 그리움과 잘해드리지 못한데 대한 미안함을 보태 틈만 나면 아버지를 원망했다. 그럴때마다 아버지는 그저 묵묵히 내 원망을 받아 주셨다. 당신도 후회된다며, 시간을 돌릴 수 있다면 돌리고 싶은 마음이라며 여러 번 눈물을 훔치셨다. 나는 그런 아버지를 볼 때마다, 지금 그렇게 후회하며 우실 걸 왜 그리 고생만 시키다 보내셨냐며, 위로는커녕 오히려 더 큰소리로 다그친 적이 한두 번이 아니었다. 어머니에 대한 그리움을 그렇게 표현할 수밖에 없었던 나의 미련함이 이날따라 후회스러웠다. 나에 대한 미움과 아버지에 대한 그리움이 겹쳐서 회한으로 가슴이 미어지는 듯싶었다. 나도 모르게 눈물이 볼을 타고 빗물처럼 흘러내렸다.

우두커니 창밖만 바라보고 있는 내가 이상했던 모양이다. 물 마시러 거실로 나온 아들이 내게 다가와 왜 우느냐고 물었다. 비 오는 걸 보다가 갑자기 돌아가신 아버지 생각이 나서 운다고 대답했다. 아들은 가만히 곁에 서 있다가 어깨를 토닥여주더니 손으로 내 눈물을 닦아주었다. 그러다

"엄마 잠깐만요."

하면서 방에 들어갔다가 나오더니 시계 하나를 불쑥 내밀었다.

"어, 이 시계는?"

"맞아요. 외할아버지 시계에요. 이거 이제 엄마 가지세요."

"아니, 이 시계를 네가 어떻게?"

분명 낯익은 나의 아버지 시계였다. 어릴 적, 철부지인 내 눈에도 별로 비싸 보이지 않던 시계. 오래 끼신 탓에, 시곗줄은 군데군데 도금이 벗겨져 누런색이 흰색으로 바뀌어 있었다. 그래도 아버지는 그 시계를 명품이나 되는 것처럼 아끼셨다. 외출하실 때면 아버지 왼쪽 손목에는 어김없이 그 누런 시계가 떡하니 차지하고 있었다. 얼마나 애지중지 끼고 다니셨는지 나뿐만 아니라 우리 식구가 다 아는 사실이다. 그런데 아버지가 돌아가신 지 십여 년이나 흐른 지금, 아들이 그 시계를 가지고 있는 거였다. 어떻게 된 거냐고 추궁하듯 물어봤다.

아들이 들려준 이야기는 이랬다. 입대한다고 외갓집에 인사드리러 간 날, 당신께서 서랍에 넣어두셨던 시계를 꺼내어 주셨다고 했다. 아버지는 그토록 보물처럼 아끼던 시계를 내 아들 손목에 기꺼이 채워주시며 편지 한 장과 함께 힘든 군대 생활에 안녕을 빌어 주신 것이다. 아들 눈에도 시계는 볼품이 없었으리라. 그래도 아들은 외할아버지가 주신 시계라 소중히 간직하고 있었다.

이날에야 알게 된 이야기로, 아들에게는 외할아버지를 깊은 정으로 추억하는 애틋한 사연이 둘씩이나 있었다. 그중 하나가 수구레국밥과 관련된 사연이다.

경산 자인시장에 가면 유명한 장삿집이 두 군데 있다. 그중 하나는 작은 갈치를 파는 곳인데, 몇 번을 가봐도 앞에 온 손님이 길게 줄을 서서 기다리는 집이다. 또 하나는 수구레 국밥집이다. 장날 왔다가 고추다대기 듬뿍 넣어 먹는 수구레국밥은 맛이 일품이다. 내가 가는 국밥집 역시 장보기를 마친 사람들이 들러서 뜨뜻한 국물로 허기도 해결하고, 포장도 곧잘 해가는 식당이다. 나도 일전에 아들이 맛있게 먹는 모습을 상상하며 무거운 줄도 모르고 두 봉지나 사 온 적이 있다. 그런 내 마음도 모르고 아들은 입에도 대지 않는 거였다. 한 숟가락만이라도 먹어 보라고 애원해도 먹지 않았다. 나는 여태까지도 그저 녀석의 입에 맞지 않아서 안 먹는 줄로만 알고 있었다. 그런데 사정은 정반대였다.

아들이 아주 어릴 적, 외할아버지랑 시골 어딘가에 가서 국밥을 먹은 적이 있다고 했다. 그게 얼마나 기가 차게 맛있던지, 아들은 커서도 그 맛을 잊지 못하고 늘 기억하고 있었다고……. 그러다 우연히 경산 자인시장 어느 식당에서 국밥을 먹을 기회가 있었는데, 그게 바로 어릴 적 외할아버지랑 같이 먹었던 맛임을 깨달은 거다. 그 순간, 아들은 "아, 외할아버지랑 국밥을 맛있게 먹었던 데가 여기구나!"라고 안 것이다. 그

후로 아들은 수구레국밥을 먹지 않는다고 했다. 외할아버지 생각이 나서 목이 메어 한 숟가락도 넘길 수 없다고 했다.

아들은 또 외할아버지와의 추억이 있는데, 자기한테는 달성공원이 너무나 소중한 곳이라는 얘기도 했다.
"달성공원은 왜?"
라고 물었더니 어릴 적, 아들은 외할아버지가 태워주시는 자전거를 타고 달성공원에 따라간 적이 있다고 했다. 그곳에서 본 온갖 동물들이 그렇게 신기하고 좋을 수가 없었다며, 아들은 그날의 추억을 내게 들려주었다. 예나 지금이나 달성공원은 어린이들이 좋아할 만한 풍경으로 가득한 곳이다. 코끼리랑 호랑이, 원숭이 등 동물들에 대해 일일이 설명해 주시며 외손자 손을 꼭 잡고 다니셨을 아버지 모습을 상상하니 어느새 내 얼굴엔 눈물과 콧물이 범벅이 되어 흘러내리고 있었다.

아들은 내친김에 다른 비밀도 하나 털어놓았다. 자기는 스마트폰에 일기를 써서 저장한다고, 그 일기장은 외할아버지께만 편지를 쓰는 비밀 공간이라고 했다. 살아가면서 힘든 일이 생기거나 기쁜 일이 있을 때도, 무언가 간절해진 경우에도 아들은 언제나 핸드폰 속 전자 편지지에 외할아버지께 보내는 글을 적는다고 했다.
아버지가 이처럼 깊은 사랑을 당신 외손자에게 주셨을 줄

난 상상도 못 하고 있었다. 내가 정신없이 돈 번다고 뛰어다닐 때, 아버지는 내 아들을 통해 여전히 나를 사랑해 주고 계셨던 거다. 군대 가는 외손자에게 무엇을 줄까 고민하시다가 아끼시던 시계를 손목에 채워주신 사랑. 그 깊은 사랑을 뒤늦은 지금에야 깨닫고 후회한들 무슨 소용이 있을까. 어느새 난 통곡하듯 꺼이꺼이 소리 내어 울며 아버지에 대한 그리움을 토해 내고 있었다.

아버지와의 추억이 주마등처럼 스친다. 아들이 되찾아 준 아버지의 사랑에 부족한 자식이 비로소 답해 본다.

아버지, 바쁘다는 핑계로 제가 자식을 제대로 보살피며 보듬지 못할 때, 그 손자가 당신을 의지할 수 있도록 모든 걸 내어주신 아버지, 감사하고 죄송합니다. 그렇게 저에게 아낌없이 주셨는데도 편찮은 아버지를 바쁘다는 핑계로 모른 척 외면했던 제가 원망스럽기만 합니다. 아버지께 받은 무한한 사랑, 제가 살아가는 동안 주위 사람들에게 더 큰 사랑으로 베풀며 살아가겠습니다. 저의 아버지로 살아주셔서 감사합니다, 아버지.

아버지께서 주신 손목시계를 들여다봅니다. 세상 어떤 비싼 시계보다 귀하고 소중한 시계, 잘 간직하겠습니다. 비록 시곗바늘은 멈춰도, 아버지의 사랑은 영원히 멈추지 않음을 언제까지나 기억할게요, 아버지.

빛바랜 무스탕

"저기요, 아가씨! 아가씨인지 새댁인지 모르겠지만, 괜찮다면 이 옷 한번 입어 볼래요?"

"?"

음식물 쓰레기를 버리러 나온 길이었다. 환갑을 갓 넘겼을까? 외모가 세련된 아주머니의 갑작스러운 제안에 어리둥절해서 쳐다만 보자 그녀는 급하게 덧붙였다.

"전혀 이상한 옷 아니에요. 살이 갑자기 너무 빠져서 안 맞아 재활용품 모으는 데 넣으려다가, 버리기에는 아무래도 아까운 옷이라서요."

아주머니는 검은색 무스탕을 불쑥 내밀며 조금 쑥스러운 듯 사정을 설명했다.

그렇지 않아도 헌옷박스 앞에서 망설이는 듯 서성이는 아주머니가 궁금하기는 했다. 하지만 나도 모르게 깜짝 놀라서

"네? 아니요."

라고 엉겁결에 거절하고 말았다. 모르는 사람한테 뜬금없

이 옷을 입어 보라는 게 이상하지 않은가. 하지만 아주머니는 무슨 사연 있는 옷이 아니니 걱정하지 말라며 자꾸만 권하는 거였다.

살짝 곁눈질하니 옷은 털이 부들부들해 보이는 게 꽤 멋스러웠다. 무엇보다 돈을 비싸게 주고 산 옷으로 보였다. 한 번만 더 권하면 모른 척 그냥 받을까 생각하고 있는데, 아주머니는 내가 민망할까 걱정스러워서인지 옅은 한숨과 함께 헌옷박스에 옷을 넣을 기세였다. 순간 나도 모르게

"같은 동네 분이시니······. 그러면 제가 입어 볼게요, 감사합니다."

라고 인사드리고 후다닥 낚아채듯 옷을 들고 올라왔다.

음식물 쓰레기를 버리고 왔으니 손을 씻어야 한다는 것도 잊은 채, 나는 서둘러 그 옷을 입고 거울 앞에 서서 전신을 비추어 봤다.

'아니 이렇게 고급스럽고 예쁜 걸 왜 버려?'

옷은 끝까지 거절했으면 아까워서 어쩔뻔했나 싶을 만큼 마음에 쏙 들었다.

그 일이 있은 지 벌써 4년이 흘렀다. 그 무스탕을 입을 때마다 이웃 아주머니가 떠오르곤 한다. 만나면 잘 입고 있다며 인사라도 드리고 싶은데, 어쩐 일인지 그동안 한 번도 마주치지 못했다.

내겐 이 검정 무스탕을 비롯해 같은 소재의 옷이 여러 벌 있다. 한 가지 고백하자면, 나는 다른 옷을 입을 땐 그렇지 않은데 무스탕만 입으면 나오는 버릇이 있다. 무스탕을 입을 때마다 양쪽 어깨가 멀쩡한지, 이쪽저쪽 몸을 비스듬히 돌려가며 서너 번은 확인해야 외출할 수가 있는 행동이 그것이다. 그 버릇에 대한 이야기를 해볼까 한다.

요즘은 겨울철 외출복으로 가볍고 보온이 잘 되는 패딩이 대세다. 예전과 달리 무스탕의 인기는 시들해진 눈치다. 하지만 국내에서 무스탕이 인기를 끌던 한때는 부잣집 사모님이나 걸치던 고급 의류였다. 동네에서 좀 산다는 이들이나 입는 옷이었고, 그렇다 보니 요즘 자녀들이 부모한테 명품을 선물하듯 어른들 환갑 때 자녀들이 돈을 모아 선물해 주는 품목이기도 했다. 당시의 무스탕은 요즘 나오는 양털 무스탕이나 로보 무스탕처럼 핏이나 볼륨감이 세련되지 않고 투박한 모양새였는데, 그래도 예전엔 인기 만점이었다.

국내에서 무스탕이 한창 인기가 있던 시절 이야기다. 겨울에서 봄으로 가는 길목쯤인 어느 날이었다. 엄마랑 언니들이랑 서문시장에 나들이를 갔다. 아직 추운 날씨인데도 가게 안은 벌써 봄옷으로 상큼하게 진열되어 있었다. 그런데 그런 봄옷들과 어울리지 않게 버건디 색깔의 무스탕 한 벌이 손목에 털을 맵시 있게 두르고 가게 맨 위쪽 구석 자리에 떡하니 걸려 있었다. 주인아줌마는 묻지도 않은 우리를 향해 그 옷에 대해 친절히 설명해 주었다. 고가 물건이라 쉽게 나가지 않아 겨우내 걸어만 두었더니 한쪽 어깨 쪽이 허옇게 변해버렸다고, 이젠 팔지도 못하게 생겼다고 울상이었다. 그 순간, 할인을 해주면 살 수도 있겠다 싶어 우리는 곧바로 가격 흥정에 들어갔다. 그리고 결국 그 옷을 사는 데 성공했다.

그날 이후, 한여름을 제외하곤 땀을 뻘뻘 흘리면서도 엄만 늘 그 무스탕을 애용하셨다. 작은 행사나 큰 행사와 상관없이, 바지든 치마든 함께 입으셨다. 아마도 그 빛바랜 무스탕이 우리 엄마에겐 보물 1호였을 거다.

그토록 소중하게 여기시던 무스탕을 몇 해 더 입어 보지도 못하고, 엄마는 뇌출혈로 하루아침에 세상을 떠나셨다. 내가 몇 년 뒤에 보란 듯이 백화점에 가서 엄마가 원하시는 무스탕을 사드리려고 결심했던 일도 쓸 데가 없어져 버렸다. 밤새 안녕이라더니, 이런 걸 두고 하는 말이구나 싶었다. 이해할 수 없는 시간들이 한 해 두 해 지나가도 엄마가 이 세상 사람이 아니라는 걸 도무지 인정할 수 없었다. 돌아가신 모습을 두 눈으로 직접 보고 장례를 치렀음에도 불구하고 엄마가 어느 날 불쑥,

"영민아, 엄마 왔다!"

하고 현관문을 열고 들어오실 것만 같았다.

엄마가 돌아가신 지 이십 년이 넘은 지금에서야 '아, 우리

엄마는 돌아가신 게 맞는구나!'하고 조금씩 받아들여진다. 빛바랜 옷을 입을 때마다 위축되셨을 법 한대도 당신은 무스탕이라는 이유만으로 늘 그 옷을 걸치시며 아이처럼 좋아하셨다. 지금 살아만 계신다면 수입 모피로 만든 옷인들 이 딸이 못 사드릴까?

지금 내 장롱에는 예쁘고 멋진 무스탕이 여러 벌 있다. 하지만 나는 그 옷들을 선뜻 입지 못한다. 심지어 사놓고 몇 해나 지나서야 겨우 입어 보는 옷도 있다. 오늘도 나는 이 옷 저 옷 여러 벌을 들춰만 보다가 그중 제일 만만한 놈을 걸치고 거울 앞에 선다. 착한 이웃이 준 바로 그 무스탕이다. 나는 당연히 멀쩡한 옷인 줄 알면서도 버릇처럼 양쪽 어깨를 이리저리 살펴본다.

'오호, 괜찮군! 이제 슬슬 나가 볼까?'

내리사랑

쿠팡에 주문한 제품들이 현관 가득 도착해 있다. 스탠드그릴테이블과 참숯, 레인보우불꽃이랑 불쏘시개 등이 배달 품목이다. 목련시장 근처, 인상 좋은 아줌마네 식육점에서 삼겹살도 두툼하게 썰어 달라고 해서 네 봉지 사서 담았다. 근처에 오늘 개업한 마트에서 금방 들어온 싱싱한 조개도 판다기에 그것도 두 봉지 샀다. 내친김에 먹음직스러운 떡도 이것저것 골라 한 상자 샀다. 아버님께서 대구 오시면 즐겨 드시는 꽈배기도넛도 두 상자 샀다. 조금 있으니 딸 내외가 포도랑 딸기 한 상자씩 들고 도착했다. 곧이어 아들 내외가 아버님이 좋아하시는 도넛을 내가 산 줄도 모르고 또 세 봉지나 사서 들고 웃으며 들어왔다.

준비를 마친 우리는 함께 시댁으로 출발했다. 전화를 미리 드리면 기다리실 것 같아서 일부러 늦게 연락드렸더니 어김없이 또 한 말씀, 걱정이시다.

'이젠 뭐…….'

어른들 잔소리도 애교로 받아들여지는 걸 보니 나도 늙기는 늙은 모양이다.

시댁이 있는 청송 시골로 내려가며 바라보는 풍경은 언제 봐도 아름답다. 장거리 여정에 혹시라도 내가 지칠까 봐 사시사철 꽃과 푸른 잎으로 여린 내 마음을 어루만져 준다. 창문을 내리고 들이마시는 공기마저 내 심장을 상큼하게 소독해 주는 듯하다. 빨리 내려오라고 어머님이 매번 독촉하셔도 괜찮다고, 너무 불안해하지 말라고 다독여 주는 듯해 풍경을 찾아 골고루 눈에 담는다. 그러다 보면 마음은 구름 갠 가을하늘처럼 말갛고 푸르르다.

몇 시간을 달려 도착한 시골 마당엔 언제나 그랬듯 반려견 콩이가 먼저 큰소리로 반겨주었다. 가져온 짐을 마당에 부려놓았다. 도착하자마자 부지런히 움직이는 자식들 모습이 보기 좋고 대견했다. 분주히 불을 지핀다. 고기가 타지 않게 굽는 방법을 터득한다며 아들과 사위가 장난치듯 옥신각신한다. 딸은 연기가 매운지 고개를 한쪽으로 돌린 채 구워 먹을 고구마를 호일에 둘둘 말고 있다. 그런 모습들을 카메라에 일일이 담고 있는 며느리까지…, 마치 우린 캠핑장에 놀러 온 사람들처럼 각자 일을 나눠서 즐겁게 저녁을 준비했다.

어머님과 아버님은 연신 즐거워하셨다. 어머님은 급하게 준비하신 감주가 아직 덜 삭아서 맛을 볼 수 없다며 안타까워하셨다. 그런 어머님도 마당에 나오셔서 자리에 앉으시고, 날은 차츰 어두워져서 한껏 운치를 더하는 분위기였다. 1차로 고기를, 2차로 키조개를 구워 먹었더니 고구마고 라면이고 먹을 게 아직 잔뜩 남았는데 벌써 배가 불렀다.

고구마를 한 입 깨물던 아버님이

"내 살면서 오늘처럼 행복한 날이 또 있었나 싶다."

라고 말씀하시는데 순간 눈물이 왈칵 쏟아졌다. 이게 뭐라고, 마당에서 저녁 한 끼 먹는 것밖에 없는 이 저녁을 저리 행복하다고 말씀하시는지. 자식의 도리를 다하지 못한 죄송스러움에 눈물이 볼을 타고 흘러내렸다.

그런 내 모습을 지켜보던 며느리와 눈이 마주쳤다. 착한 나의 며느리도 어느새 눈에 눈물이 그렁그렁했다. 내려오길 참 잘했구나 싶었다.

밤이다. 아버님은 등을 돌리고 곤하게 주무시고 계신다. 그 곁에서 나중에 아버님이 당신 휴대전화로 사진을 보는 방법이 없을까 궁리해 봤다. 그러다 카카오톡 앱이 좋은 방법이다 싶어 깔려는데, 앗, 이미 깔려 있는 게 아닌가. 여든이 넘은 연세에 카톡을 사용하신다니 내심 놀라웠다.

'내 이름은 어떻게 저장해 두셨을까?'

궁금한 마음에 내 이름을 눌렀더니 검색되지 않았다. 뭐라고 눌러볼까 고민하다가 '유진 엄'을 누르는데 '우리 유진엄마'

하고 떴다. 그냥 '유진엄마'가 아니라 '우리 유진엄마'다. 사진을 다운 받아 갤러리에 저장하는 내내 주책맞은 눈물이 아버님 핸드폰에 뚝뚝 떨어졌다. 내 전화기에 저장된 아버님은 그냥 '청송아버님', 아니면 '시아버님'이다. 그런데 아버님은 나를 속으로 이토록 아끼고 계셨던 모양이다.

다음 날 이른 아침, 일이 있어 하루 늦게 출발한 남편도 시골에 도착했다. 목욕탕에 다녀온 우리는 모두 영덕 강구항으로 출발했다. 비가 조금씩 흩뿌리는 날씨였다. 강구항에 도착한 우리는 곧장 대게를 사러 갔다. 어느 집 대게가 더 싱싱하고 저렴한지 손으로 만져도 보고, 마릿수와 크기로 흥정도 하며 넉넉하게 샀다. 어머님을 위해서는 광어회를, 아버님을 위해서는 즐기시는 해삼을 샀다. 남편이 좋아하는 오징어까지 사면 준비 끝! 온 가족이 모두 잔뜩 먹어서 부른 배만큼이나 행복을 가득 담은 하루였다.

돌아오는 길은 일부러 바닷길 드라이브 코스를 선택했다. 비바람이 불어 조금 쌀쌀한 날씨도 우리 가족들을 말릴 순 없었다. 중간중간 아버님과 어머님을 내리시게 해서 사진도 찍어 드렸다. 부남 마을에 거의 도착할 때쯤, 남편 친구가 운영하는 카페에서 커피를 마시면서 가족 나들이를 마무리했다. 시부모님을 고향 집에 모셔다드리는 길, 마을 어귀에 서서 다음을 기약하며 인사드렸다. 애교 많은 우리 사위는 어머님과 아버님 얼굴에 찐한 뽀뽀를 하며 작별 인사를 했다. 돌아오는 내내, 어린애처럼 행복해하시던 두 분 모습이 머리에서 떠나질 않았다. 이까짓 효도가 뭐 그리 대단하다고 저리 좋아들 하실까? 아버님과 어머님은 며느리가 오랜만에 효도하려고 왔다고 생각하시겠지만, 내심 난 내 자식들이 즐거워할 걸 상상하며 음식을 준비했었다. 그리고 시어른들보다는 자식들이 즐거워하는 모습에 더 행복해했다. 그런 내 속마음도 모르고 아버님과 어머님은 자꾸만 고맙다고 하신다.

몇 시간을 운전해서 대구에 도착했다. 시골서 갖고 온 짐이 무겁다며, 우리 집 현관까지 올려놓는다고 아들과 사위는 분주하게 왔다 갔다 했다. 그러다 둘은 갑자기 옷을 갈아입었다.

"아니 애들아, 늦었는데 얼른 집에 가거라."

"아뇨. 어머니. 저희 여기서 1박 더하고 갈 건데요."

웃음 섞인 목소리로 며느리와 사위가 동시에 입을 모았다.

이렇게 가족 나들이는 미처 끝나지 않았다.

현재 나는 내일 아침에 먹을 반찬 준비로 바쁘다. 아버님이 내게 들려주셨던 말을 나도 모르게 아이들한테 똑같이 말하는 나라니! 이런 내 모습이 우습지만

"애들아, 난 너희들이 있어 무지무지 행복하단다!"

꼭지야

"꼭지야, 꼭지야!"

오늘도 할머니는 우렁찬 목소리로 온 동네가 떠나가도록 나를 부르신다. 난 개울 건너 숫골의 동수나무 아래서 친구들과 신나게 놀다가도 어김없이

"네~에!"

라며 신부터 찾아 신는다. 백 미터는 족히 되는 거리일 텐데도 할머니의 목소리는 어찌 그리 잘 들리는지.

할머니는 아들로만 넷을 두셨다. 누구보다 남아선호사상이 크셨던 분이라, 아들을 넷이나 두셨으니 어깨에 힘이 얼마나 들어가셨을지 충분히 짐작된다. 아들을 낳은 할머니는 나랏님도 부럽지 않다고 하셨단다. 그중에서 맏아들인 우리 아버지를 형제 중 그 누구보다 끔찍이 아끼셨다.

맏아들에 대한 무조건적 사랑 덕분인지 할머니는 다른 사촌 동생들보다 우리 다섯 형제자매를 자주 찾으셨다. 물론 손

녀들보다는 손자 둘을 아끼셨지만 말이다. 그런 행운 덕분에 우린 방학이면 꼭 시골에 내려가서 도시 친구들이 누려보지 못한 숱한 체험을 하면서 추억들을 쌓을 수 있었다.

시골에는 놀거리가 참 많았다. 개울물에 멱 감기, 고무줄놀이, 딱지치기, 썰매 타기 등, 심지어 동네 오빠들이 산에 나무하러 가면 나와 남동생들은 청마루 밑에 놓아둔 낫을 들고 당연한 듯 쫄랑쫄랑 따라나섰다. 돌아올 땐 거의 빈손이라 할 만큼 작은 나뭇가지뿐이지만, 우리에겐 재미난 놀이였다.

이렇게 즐거움이 가득한 시골이라, 짧은 방학을 즐기려 나머지 긴 시간 동안 학교에 참고 다닌다고 해도 할 말이 없었다. 앞뒤가 바뀐 착각을 할 정도로 애타게 기다려지는 방학이지만, 내게는 시골에 가기가 조금 망설여지는 이유가 하나 있었다. 그건 "꼭지야!"하고 부르시는 할머니의 커다란 목소리 때문이었다. 그런데 내 이름이 영민이가 아닌 꼭지인 데는 다음과 같은 이유가 있다.

할머니는 장남인 우리 아버지가 장가가셔서 낳은 아이가 첫째도 딸, 둘째도 딸, 그렇게 기대하셨던 셋째도 어김없이 딸이라 실망이 이만저만이 아니셨다고 한다. 그러니 할머니 눈에는 셋째딸로 태어난 내가 그냥 천덕꾸러기였던 것이다. 그나마 다행은 내 밑으로 남자 쌍둥이가 태어났다는 사실이다. 당연하게 할머니의 사랑은 온통 쌍둥이 손자들에게 쏟아졌다.

남동생들과 함께 있으면 심부름은 무조건 내 차지였고, 맛있는 게 있으면 남동생들부터 주는 게 당연했다. 고작 세 살 터울인데도 동생들한테 밥을 차려줘야 하는 것도 어린 나였다. 동생들도 할머니 집에서는 그렇게 지내는 걸 당연하게 여겼다. 어린 내가 혼자 감당하기에는 불만스러운 일이 많았다. 그래도 나는 친구들과 노는 재미가 더 컸기에 싫은 내색 하지 않고 방학 땐 어김없이 시골에 내려갔다.

하지만 할머니의 호랑이 같은 목소리는 정신없이 빠져들던 내 놀이의 맥을 싹둑, 끊어놓기 일쑤였다. 간혹 내가 못 들은 척, 놀이에 집중하고 있으면 지나가던 어른들이 눈치 없이

"꼭지야, 너거 할매 니 부르신다."

라고 알려 주기까지 했다.

나의 이름은 박영민이지만, 어릴 땐 이렇게 '꼭지'라 불렸다. 이제 딸은 그만 낳으라고 지어주신 이름 꼭지. 지금도 고향에 내려가서 어른들께 '박영민'이라고 나를 소개하면 잘 모르신다. 다시 '꼭지'라고 말씀드려야

"아, 네가 꼭지구나! 마이(많이) 컸네."

라고 알아봐 주신다.

나는 초등학교에 들어가기 전에 시골 할머니 댁에서 컸다. 그래서 옛 추억을 떠올릴 땐 술상에 빼놓을 수 없는 안줏거리처럼 할머니와 있었던 에피소드가 떠오른다. 며칠 전, 밭

이라고 할 수 없을 만큼 자그마한 텃밭을 가꾸던 중이었다. 따가운 땡볕 아래 고추를 따고 있으려니 그날도 문득 할머니 생각이 났다.

내가 네 살에서 다섯 살쯤이었을 때 있었던 이야기다. 할머니랑 작은집 할머니께서 고추밭에서 고추를 따다가 내게 집에 가서 막걸리 한 주전자를 가져오라고 하셨단다. 어른 걸음으로는 5분이면 충분한 거리인데, 어린 나로서는 한 시간은 족히 걸린다 싶을 만큼 멀었으리라. 모두 예상한 일이 일어나고 말았다. 어린 나는 막걸리가 가득한 주전자를 들고 먼 길을 걸어오다 반은 흘렸을 테고, 그러다가 목이 말라서 그만 몇 모금 마시고 말았던 거다. 밭에 도착한 나는 얼굴이 벌겋게 홍당무가 되어 있더라나. 다섯 살도 채 되지 않은 계집애가 반밖에 남지 않은 막걸리 주전자를 내밀며,

"할매, 내 술 챘대이."

라며 이리 뒹굴 저리 뒹굴 넘어지더라고 하셨다. 그 모습이 어찌나 웃겼는지 모른다며, 할머니는 아마 거짓말 좀 보태서 천 번쯤 나를 놀리셨던 것 같다. 하지만 나는 할머니가 그 얘기를 하시는 게 너무 싫었다. 어린 내가 힘들었던 건 생각 안 해주시고 그게 그렇게 재미난 일인가, 싶었다.

그런데 이날, 고추를 따며 땀을 닦는데 생각지도 않은 할머니 목소리가 나를 부르는 듯했다. 할머니가 당연히 안 계실 걸 알면서도 나는 이곳저곳 할머니를 찾아 두리번거렸다. 어릴

적 그렇게 싫었던 할머니의 목소리가 이젠 나도 모르게 그리웠다. 할머니가 그 힘찬 목소리로

"꼭지야!"

라고 부르신다면 지금은 열 번이라도, 신도 안 신고 달려가서 심부름도 해드리고 막걸리도 얼마든지 사 드리고 싶다.

보고 싶은 우리 할매, 막걸리 한 병 들고 조만간 산소에라도 한번 들러야겠다. 그리고 멀리서 웃고 계실 할머니께 소리쳐 보리라.

"할매요, 꼭지 왔십니대이!"

딸에게서 나의 엄마를 본다

나는 결혼 생활을 사글세로 시작했다. 어린 나이에 무엇 하나 갖추고 시작한 결혼이 아니라서 전세나 집 장만은 꿈도 꾸지 못했다. 말 그대로 무모한 시작이었다. 남편도 대학 졸업과 동시에 약혼식을 올렸으니 준비를 못 한 건 마찬가지였다. 살림살이라고 해봐야 수저 두 벌, 이불 한 채, 냄비 하나, 말 그대로 기본만 갖춘 살림살이에 주거는 방 하나에 부엌이 달린 문간방에서 어찌어찌 시작했다.

엄마와 아버지는 내가 너무 이른 나이에 시집가는 게 걱정이셨다. 딸이 꿈도 제대로 펼치지 못한 채 시집살이로 고생할까 봐 처음엔 반대하셨다. 하지만 사랑에 눈이 먼 어린 딸이 행복해하는 모습을 보시고 마지못해 허락하셨다. 식구가 많은 대가족 속에서 이리 치이고 저리 치이며 어중간한 위치의 셋째로 컸던 나로서는, 하늘에 별이라도 따주겠다며 잘해 주는 남편한테 반해 부모님의 반대를 이해하지 못했다. 아니 어쩌면 모르는 척, 이해하고 싶지 않았는지도 모르겠다.

결혼하고 두 아이를 낳고 살아보니 진짜 생활비가 장난이 아니게 들었다. 고기반찬은 한 달에 한 번, 외식은 당연히 금지였다. 허리띠를 졸라매도 늘 힘에 부쳐 생활은 빡빡하게 돌아갔다. 나와 남편 옷은 당연히 뒷전이었고, 계절이 바뀌면서 무럭무럭 자라는 아이들 옷조차 이웃들에게 얻어 입히곤 했다. 악착스레 아끼면서 참으로 아등바등 바쁘게만 살았던 세월이다.

그래서 생활비를 줄이고자 한 가지 생각해 낸 게 시댁에서 이틀 동안 살고 오는 거였다. 우리는 주말이면 무조건 청송 아버님 댁에 가서 1박 2일 자고 오기로 했다. 이틀을 공짜로 먹고 자고, 덤으로 아이들은 자연에 흠뻑 취하여 놀 수 있으니 완전 일거양득이었다. 당연히 생활비가 이전에 비해 훨씬 덜 들었다. 어려운 시부모님 공양보단 이틀이라도 식비 걱정을 덜 수 있어서 제사보다 젯밥, 염불보다 잿밥에 마음을 뺏긴 꼴이었다.

평상시 우리는 콩나물 500원어치 사서 국이랑 찌개에 무침까지, 한꺼번에 서너 가지 반찬을 만들어 먹었다. 이렇게 작은 사글셋방에서 좀 더 큰 사글셋방으로, 또 전세로 옮겨가며 저축하고 또 저축해서 5년 만에 작지만 어엿한 2층 양옥집을 장만했다. 돈이 모자라 문간방 하나를 우리 네 식구가 기거하는 방으로 쓰고, 안채는 세를 놓아 겨우 잔금을 치를 수 있었다. 당장은 문간방 하나가 우리 차지였지만, 그래도 집을 장만했다는 기쁨에 좁은 줄도 몰랐다. 반찬이 없고 옷이 남루해도 사는 게 가슴 뿌듯하고 즐겁기만 했다.

이사하고 며칠 뒤, 친정엄마도 집을 구경하러 오셨다. 문간방에 기거하지만, 그래도 어린 나이에 내 집 마련에 성공했다고 대견해하셨다. 칭찬을 아끼지 않으시며 어깨를 토닥여 주시던 엄마의 격려와 응원, 그때의 그 따뜻한 손길이 잊히지 않는다. 저녁을 드시고 집에 갈 때쯤, 엄마는 손가방에서 신문에 둘둘 말은 뭉치 하나를 꺼내어 남편에게 건네셨다. 펼쳐 보니 거긴 엄마의 피 같은 돈 백만 원이 들어 있었다. 작지만 집 사는 데 보태라고 내밀어 주셨다.

친정엔 아직 미혼인 언니랑 동생 둘 이렇게 셋이나 있었다. 엄마는 한평생 제대로 쉬는 날조차 없이 사신 분이었다. 한 푼이라도 아껴보겠다며 먼 길도 마다하지 않고 걸어 다니시며 우리 오 남매를 키우셨다. 하늘도 무심하게 그런 친정엄마가 유방암에 걸려 큰 병까지 앓고 계실 때라 그 백만 원이 얼마나 어렵게 구한 큰돈인지 충분히 짐작할 수 있었다.

넉넉잖은 친정 사정을 잘 알기에 나는 극구 사양했다. 하지만 엄마는 내가 돈을 받아야 마음이 편하다고 하시면서 기어코 던지듯 놓아두고는 일어서셨다. 후에 들으니 돌아갈 차비가 없어서 집까지 걸어가셨다고 했다. 그 이야기를 듣고 얼마나 울었는지 모른다. 그렇다. 우리 엄마는 미련할 만큼 자식들을 끔찍이 사랑하는 바보였다. 내가 힘들 때마다 어김없이 내 곁을 묵묵히 지켜주시던 엄마. 그런 엄마는 63세라는 이른 나이에 돌아가셔서 지금은 내 곁에 안 계신다.

어느덧 세월이 흘러, 이젠 내가 예전의 엄마 나이가 돼서 내 자식들을 출가시켰다. 2년 전에 딸을 시집보냈고, 얼마 전엔 아들까지 장가보냈다. 혼사를 두 번이나 치러 보니 진행하는 모퉁이마다 곳곳에 엄마 생각이 들게 만드는 모서리 천지였다. 친정에 조카들이 많아도 모두가 미혼이라 자식 결혼시키기는 우리 집이 처음이었다. 결혼 일자를 정하는 일부터 혼수를 마련하고 예식을 치르기까지, 물어볼 곳이 마땅찮아서 혼자 인터넷을 뒤지거나 지인들한테 물어가며 그렇게 치를 수밖에 없었다. 장모로서 사위를 맞는 일, 또 시어머니로서 며느리를 얻는 일에 내가 갖춰야 할 도리를 잘은 못해도 뒤처지지는 않아야 한다고 진심을 쏟았다.

우리 엄마는 그 힘든 세월을 어찌 그리 견디셨으며, 우리 오 남매를 지혜롭게 잘 키워 내셨을까? 살아갈수록 엄마가 존경스럽다. 엄마의 희생에 늘 감사하며, 문득문득 가슴 속 묻어둔 그리움으로 하얗게 밤을 지새우기도 한다.

며칠 전, 딸이 나를 살짝 불렀다. 딸은 현재 나와 함께 학원을 운영 중이다. 대한항공 승무원 생활도 접고, 엄마 곁이 좋다며 나와 함께한 지가 10여 년이 흘렀다. 나는 내심 딸의 재능이 아까웠다. 딸아이를 아끼시던 항공 운항과 교수님이 다시 서울로 올라오라고, 취직시켜 주신다고 몇 번이나 전화를 걸어 왔다. 대기업체에서도 다양하게 연락이 오곤 했다. 넓은 데 나가서 네 꿈을 펼치라고 설득해 봤지만, 딸은 요지부동이었다. 무조건 엄마 곁에 있고 싶다는 딸의 결심이 너무 강해서 나 또한 포기할 수밖에 없었다.

이후에 딸은 대학교에 편입해서 공부를 새로 했다. 현재는 우리 학원 영어 대표 강사이자 부원장이란 직급으로 일하고 있다. 시집을 간 건 분명한데도 헷갈릴 만큼 항상 내 곁에 껌딱지처럼 붙어 있다. 그런 딸이 갑자기 다른 교실로 나를 살짝 부른 거다.

딸아이가 봉투 하나를 꺼내 주는데 거기엔 이런 글귀가 쓰여 있었다.

"민호 결혼시키느라 고생했습니다, 어머니."

담백한 글귀였다. 그런데 그 글귀에 나는 그만 울컥해서 목이 메고 말았다. 봉투에는 그 옛날 엄마가 내게 주신 돈의 몇 배나 됨직한 돈이 들어 있었다.

'시집간 지 얼마 안 돼서 돈 쓸 곳이 많을 텐데……'

눈물이 핑 돌았다. 어딘가 모르게 닮은 이 익숙한 상황이 마치 돌아가신 엄마가 유진이로 환생하신 것 같은 착각을 불러일으킨다.

나는 참으로 복이 많다.

그리운 엄마의 빈자리를 지금은 나의 딸이 껌딱지처럼 늘 함께하고 있으니…….

인도에서는 50대와 60대를 '바나 플러스'라고 부른다. '산을 바라보기 시작하는 나이'라는 뜻이다. 나도 어느덧 산을 바라보는 '바나 플러스'의 나이가 되었다. '잠깐 멈춤'의 시간의 중요성을 깨달은 사람이 글을 쓴다고 한다. 나 역시 잠깐 멈추어 서서, 나의 삶을 되돌아보며 글을 썼다.

나는 글쓰기에 능숙하지 못할뿐더러 언어 감각도 풍부하지 못하다. 책을 내자는 원장님의 제의를 받았을 때, 언감생심 생각도 못 한다며 절레절레 손사래를 쳤던 기억이 난다. 나의 부족한 글들이 세상 밖으로 나온다니 부끄럽기 그지없지만, 글자들 사이사이에 깃든 마음과 생각들을 하나둘씩 꺼내어 보니 그리움과 추억들이 한가득 밀려온다.

서툴게나마 내가 걸어온 길을 적어서 남겨본다. 모두의 격려와 독려가 있었기에 가능했다. 감사와 사랑을 전한다.

—
최해윤
—

내 무릎의 껍딱지

가을은 내가 태어난 계절이다. 사계절 가운데 가장 좋아하는 계절이기도 하다. 가을은 참으로 화려하고 아름다운 계절임이 틀림없다. 천고마비(天高馬肥)의 계절답게 하늘은 높고 푸르다. 해 질 무렵의 붉은 노을은 가던 길을 멈추어 서서 넋을 잃고 바라볼 만큼 장엄하다. 울긋불긋 물든 단풍은 또 얼마나 곱고 예쁜지…. 떨어진 낙엽을 주워다가 책갈피 사이에 꽂아두었다가 잘 말려지면 편지나 문집을 꾸밀 때 꺼내 쓰기도 한다.

시몬, 너는 좋으냐 낙엽 밟는 소리가
이리 와다오 언젠가는 우리도 가련한 낙엽이 되리니
이리 와다오 이미 날은 저물고 바람은 우리를 감싸누나

라는 구르몽의 「낙엽」이 습관처럼 떠오르는 계절. 회색빛 보도 위, 가로수에서 떨어져 뒹구는 낙엽을 밟을 때마다 바사삭 부서지는 소리와 그 느낌은 황홀할 지경이다. 이렇게나 좋은 가을이건만, 내게는 잊지 못할 아픈 추억이 있는 계절이 또한 가을이다. 그 아픈 추억은 학창 시절, 가을 운동회 때 생겨났다.

초등학교 5학년 2학기, 겨울방학을 고작 한 달 앞두고 전학을 갔다. 새로운 친구들과 친해질 겨를도 없이 겨울방학을 맞았고 이내 6학년이 되었다. 낯선 학교에 낯선 친구들. 내게는 모든 게 낯설었다. 나는 깡마른 몸에 말이 없고 소심한 성격이었다. 외모도 공부도 무엇하나 남들 앞에 내세울 게 없는 아이였다. 그래도 달리기만큼은 자신이 있었다.

가을 운동회가 며칠 남지 않은 어느 날, 체육 시간이었다. 선생님은 계주 선수를 뽑기 위해 달리기를 테스트했다. 나의 예상대로, "우와!" 하는 반 친구들의 감탄사를 들으며 나는 우리 반 대표선수로 선발되었다.

운동회 전날, 잠이 오지 않았다. 일등을 하면 일등 도장이 찍힌 새 공책을 받을 수 있었다. 나는 꼭 일등을 해서 형편이 그리 좋지 못한 부모님께 칭찬받고 싶었다. 그리고 '동생에게 자랑스러운 모습을 보여주겠어. 그래서 꼭 새 공책을 선물해 주어야지.' 하며 꿈에 부풀어 있었다.

운동회 날, 학교가 있는 저만치서부터 펄럭이는 화려한 만국기가 나에게 어서 오라고 손짓하는 듯하였다. 달콤한 솜사탕 냄새가 나를 설레게 했다. 학교 운동장에 들어서자 경쾌하게 울려 퍼지는 음악 소리에 내 마음은 한껏 고조되었다. 온 동네 할머니 할아버지, 아주머니 아저씨들이 소풍이라도 온 듯 돗자리와 먹을거리를 잔뜩 싸 와서 자리를 잡으셨다. 나는 부모님이 못 오신다는 걸 알고 있었다. 그래서 더욱 일등 도장을 찍은 내 손등을 엄마께 보여드리고 싶은 마음이 간절하였다.

드디어 운동회가 시작되었다. 먼저 각 학년 돌아가며 반별로 준비한 화려한 장기 자랑을 선보였다. 모두가 웃고 즐기며 오전 시간을 보내고 밥을 먹었다. 점심 식사 후, 2부 순서가 시작되었다. 청팀과 백팀으로 나뉘어 힘찬 응원과 함께 줄다리기, 박 터뜨리기 시합 등이 이어졌다. 마침내 내가 출전할 시간이 되었다.

흰색으로 그어진 출발선에 자세를 잡고 선생님의 출발 신호를 기다렸다. 이때가 가장 긴장되는 순간이다. 심장이 터져 나갈 것 같이 두근거렸다. 높이 쳐든 선생님 손에는 작은 총이 들려있었다. 선생님이 방아쇠를 당기자 "탕!"하고 화약 터지는 소리가 울려 퍼졌다. 선수들은 용수철 튀어 나가듯 재빠르게 달리기 시작했다. 나는 방아쇠 소리가 왜 그리 무서운지, 늘 그 소리 때문에 출발이 늦었다. 하지만 개의치 않고 달리기 시작했다. 드디어 앞서 달리던 친구들을 다 따라잡고 일등으로 달리게 되었다. 막 코너를 돌 때였다. 나를 따라잡으려고 내 뒤를 바짝 따라붙은 친구가 추월을 시도했다. 그런데 운동장 선 밖이 아닌 안쪽으로 자꾸만 들어오는 게 아닌가.

'이러면 안 되지 반칙이잖아!'

나는 틈을 내어 주지 않으려고 안쪽 선에 바짝 붙어 달렸다. 그 순간, 안으로 들어오려고 뻗치는 친구의 발과 나의 발이 엉키며 나는 넘어지고 말았다. 친구는 운동장 안쪽으로 나는 바깥쪽으로 미끄러지며 동시에 슬라이딩하듯 쓰러졌다. 아찔한 순간이었다. 이를 지켜보던 구경꾼들한테서 안타까운 탄식이 터져 나왔다.

'아, 안돼! 1등 해야 하는데…….'

손바닥과 무릎에서 피가 흘러내렸지만 벌떡 일어나 다시 달렸다. 골인 지점에 도착하자 내 손등에 숫자 3이라는 도장이 찍혔다. 설움이 밀려왔지만, 속으로만 눈물을 삼켰다. 놀란 담임선생님께서 달려와 괜찮냐며 걱정하는 소리조차 귀에 들리지 않았다.

자리로 돌아오자 그제야 손바닥과 무릎에 통증이 밀려오기 시작했다. 내 무릎은 작은 돌들이 박힌 채 흐르는 피와 엉겨 피떡이 되어있었다. 다리를 보니 참았던 눈물이 기어이 쏟아졌다. 아파서가 아니었다. 속상했다. 너무 속이 상했다. '엄마에게 꼭 보여주고 싶었는데. 동생에게 새 공책을 선물해 주고 싶었는데. 이게 뭐야. 흐흐흑…….' 양호실에서 다친 데를 소독하고 절뚝거리며 집으로 돌아왔다.

무릎의 상처는 생각보다 잘 낫지를 않았다. 좀 낫는다 싶다가도 또 곪아서 고름이 나고 빨갛게 부어오르기를 반복했다.

화장실을 갈 때도 무릎을 굽힐 수 없어서 다리에 깁스한 것처럼 주욱 뻗친 채 볼일을 봐야 했다. 그때는 화장실이 지금처럼 좌변기 아니라서 볼일을 볼 때마다 불편이 이만저만이 아니었다. 상처는 덧나기 시작하더니 무릎 밑까지 지장을 주기 시작했다. 아버지는 약국에서 고약을 사다가 붙여주셨다. 살이 흐물흐물해지면서 100원짜리 동전 크기만큼의 피부가 떨어져 나갔다. 살이 떨어져 나간 자리에 아주 작은 돌이 하나 박혀있었다. 작은 돌멩이 때문에 상처가 낫지 않고 자꾸 덧나고 말았던 거다.

그해 겨울방학 내내 무릎 상처로 고생했던 기억이 생생하다. 요즘 같으면 진작 병원에 가서 치료받아 그토록 고생하지는 않았을 터이다. 당시엔 병원도 흔치 않았거니와, 넘어져 다친 상처 정도로 병원에 갈 만한 형편이 아니었다.

그때 생긴 상처로 내 무릎에는 동전 크기만 한 흉터가 남았다. 그 부위 피부는 지금도 다른 데와는 달리 하얗고 빤질빤질한 것이 마치 얇은 비닐을 한 겹 씌운 것 같다. 무릎의 흉터를 본 친구들은 꼭 껌을 붙여놓은 것 같다고 말하곤 했다. 그런 탓에 나는 무릎 위로 올라가는 옷은 입지 않게 되었다. 겨울엔 두꺼운 스타킹을 신어서 감췄다. 어쩔 수 없을 땐 무릎을 손으로 가리는 습관이 생겼다.

엄마는 내 무릎을 볼 때마다

"아가씨 무릎에, 에휴! 우리 해윤이, 엄마가 나중에 흉터

제거하는 수술시켜 줄게." 하시며 마음 아파하셨다. 엄마 속도 모르고 그때마다 나는

"엄마, 껌 붙여놓은 거야. 봐봐!" 하며 천진난만하게 웃곤 했다.

엄마가 되고 나서야 나는 그때 엄마 마음을 조금이나마 알 수 있었다.

두 아들의 엄마가 된 나는 아이들이 다칠 때마다 흉이 질세라 내가 근무하는 성형외과로 데려와서 호들갑스러울 만큼 봉합하고 치료해서 흉터 관리를 철저히 해왔다. 그와는 대조적으로, 이십 년 넘게 성형외과에 근무하면서도 나는 내 무릎의 흉터 수술은 하지 않은 채 그대로 두었다. 무릎의 흉터를 볼 때마다 측은한 눈길로 안쓰러워하시던 엄마의 모습이 떠오르기 때문이다.

그날의 아픈 상처가 추억으로 남은 내 무릎의 껌딱지. 그 상처 자국을 쓸어 주던 엄마의 손길이 몹시도 그리운 가을날이다.

내 거야, 새우깡

손이 가요 손이 가 새우깡에 손이 가요
아이 손 어른 손 자꾸만 손이 가
언제든지 새우깡 어디서나 맛있게
누구든지 즐겨요 농심 새우깡

30년도 넘은 과자 광고 노래다. 새우깡이 뭔지는 몰라도 이 CF송을 모른다면 간첩이다. 과자에 살금살금 손을 뻗는 광고 이미지에, 입에 착 달라붙는 노랫말은 거의 중독적이다. 허리가 구부정하게 휜 새우가 스낵 더미 위에서 튀어 오르듯 그려진 그림마저 유명한 새우깡. 지금은 매운 새우깡, 쌀새우깡, 새우깡블랙을 포함해서 시장에 나온 농심의 '깡' 시리즈는 제법 다양하다. 하지만 뭐니 뭐니해도 생새우로 만들었다고 선전하는 원조 새우깡이 우리 입맛에는 최고다. 이 스낵은 1969년에 처음 출시되어 지금까지도 우리나라 국민이 즐겨 찾는 스낵이다. '국민 간식 새우깡'이라는 별칭은 과장이 아니다. 그리고 나의 중학생 시절, 농심 새우깡에 얽힌 일화가 거의 식스 센스 급 반전이라는 것도 결코 과장이 아니다.

중학교 등하굣길, 통학 버스는 언제나 사람들로 만원이었다. 버스카드가 없던 시절이니 환승 제도 역시 있을 리 만무했다. 갈아타고 가면 조금 한산한 버스를 탈 수도 있었지만, 버스 요금을 한 번 더 내야 해서 교통비를 아끼려면 그냥 참고 가는 수밖에 없었다. 내가 다니는 여자중학교는 네 개가 되는 남자 중·고등학교로 둘러싸여 있어서 버스 안은 여학생보다 남학생들이 더 많았다. 내가 중학교에 입학할 당시, 복장 자율화가 없어지고 다시 교복 제도가 시행되었다. 남학생들로 미어터지는 버스에 교복 치마까지 입고 타야 하는 게 너무 싫었다. 평소보다 일찍 등교하면 덜 복잡하려나 싶어서 집에서 삼십 분 빨리 나서보기도 했다. 하지만 덩치가 큰 고등학생 오빠들이 빽빽이 타고 있어서 오히려 훨씬 불편했다.

하지만 하교할 때만큼은 앉아서 가는 방법이 있었다. 첫 번째 방법은 원래 타는 정거장보다 두 정거장 뒤로 가서 타는 거였다. 두 번째는 한 번에 가는 버스를 포기하고 환승 위치에 있는 정거장까지 걸어가 타는 방법이 있었다. 첫 번째 경우는 나만 그런 방법을 생각해 낸 게 아니었던지, 나중에는 그렇게 하는 친구들이 몇몇 늘어나기도 했다. 그런데 중요한 건 그게 아니었다. 두 정거장 뒤의 버스 정류장이 남자 고등학교 정문 바로 앞에 있다는 사실이 문제라면 문제였다. 나는 부끄러움을 많이 타고 내성적인 성격이었다. 해서 이 첫 번째 방법은 부담스러웠다. 할 수 없이 나는 첫 번째 방법 말고 두 번째 방법을 선택했다.

두 번째 방법은 멀리 걸어야 하는 단점이 있었다. 그래도 버스 정류장이 종점 차고지여서 내가 원하는 자리에 앉을 수 있는 이점이 있었다.

학교를 마치고 멀리 떨어진 버스 차고지까지 걸어가다 보면 출출하여 군것질이 간절해진다. 하지만 내 주머니 사정은 항상 여의치가 않았다. 얼마 되지 않는 용돈은 간식을 사 먹기에는 턱없이 모자랐다. 생각 끝에 부족한 용돈을 늘리는 방법으로 회수권을 교묘히 잘라 열 개 분량을 열한 개로 만들었다. 가끔 잘못 잘린 부분의 회수권을 넣고 타야 할 땐 기회를 잘 보고 내야 했다. 두근두근, 벌렁벌렁……. 새가슴이 마구 방망이질해댔다. 그럴 때면 당장이라도 버스 기사님이 "학생!"하고 부를 것 같아 시선을 최대한 바닥으로 내리깐 채 얼른 버스 안쪽으로 들어가 기사님 눈 밖으로 몸을 감추곤 했다.

그날도 그렇게 잔머리를 써가며 힘들게 마련한 돈으로 새우깡 한 봉지를 간신히 품에 안았다. 아끼느라 와작와작 씹어 먹지도 못하고 한 개씩 입 안에 넣고 살살 녹여 먹었다. 짭짤하면서도 고소한 맛이 입안 가득 퍼지면 오감이 즐거워지면서 저절로 입꼬리가 올라갔다. 버스 차고지이자 종점에 도착한 나는 곧 출발 대기 중인 버스에 올라탔다. 버스 하차 문 바로 맞은편에 자리를 차지하고 앉았다. 내가 가장 좋아하는 자리였다. 내리기에 편하기도 하거니와, 의자 밑에 있는 모터가 히터 역할을 톡톡히 한 덕에 따뜻해서 더욱 좋았다. 나는 그곳에 편안하게 앉아 새우깡을 느긋한 마음으로 음미하였다.

버스가 출발하자 노곤하니 졸음이 몰려왔다. 얼마나 꾸벅꾸벅 졸았을까? 앉아있는 나를 자꾸만 누군가 툭툭 건드리는 듯한 느낌에 눈이 떠졌다. 어느새 버스 안은 사람들로 가득했다. 나를 툭툭 건드리는 정체는 여섯 살쯤 되어 보이는 남자아이였다. 그 뒤로 아이 엄마로 보이는 사람이 서 있었다. 정류장에서 버스가 서고 출발할 때마다 사람들이 이리로 쏠리고 저리로 밀렸다. 승객들이 제일 많이 타는 구간인 것 같았다. 잠이 덜 깬 눈을 비비며 창밖을 보니 내가 내릴 곳이 아직 몇 정거장 더 남아 있었다. 그때였다.

"와그작"

바삭한 새우깡이 씹히는 소리가 내 귀에 내려꽂혔다.

'어라, 어찌 이런 일이!'

내 옆에 서 있던 코흘리개 녀석이 나의 소중한 새우깡을 먹고 있는 게 아닌가. 나도 모르게 아이와 아이 엄마의 차림새를 훑어봤다. 아이 엄마는 내 눈을 피하듯 고개를 돌려 차창 밖을 응시하는 눈치였다. 초라한 차림새로 미루어봤을 때, 아이와 그 엄마의 형편이 그리 좋아 보이지 않았다.

'아무리 그래도 그렇지!'

머릿속으로 수만 가지 생각이 스쳐 지나갔다. 꼬맹이에게 그냥 주기엔 절반도 먹지 못하고 남긴 것도 아까웠지만, 새우깡 한 봉지를 사느라 기울인 그동안의 내 수고가 허무하게만 느껴졌다. 그렇다고 소심한 성격에 아이한테 내 과자니 내놓으라고 말하지도 못했다.

승객으로 가득 차 있던 버스는 한 정거장씩 지날 때마다 내리는 사람들이 늘어나 차츰 한산해졌다. 이제 두 정거장 뒤면 내가 내릴 차례였다. 마음이 조급해지기 시작했다.

'아, 어쩌지?'

하지만 어쩔 수 없었다. 이제는 내려야 한다. 나는 굳은 결심을 했다. 버스 하차 문이 열렸다. 나는 내리는 사람들을 확인하며 의자에서 슬며시 일어났다. 버스 문이 닫히기 직전, 나는 아이가 꼭 쥐고 있던 새우깡을 잽싸게 낚아챈 후 후다닥 뛰어내렸다. 그리고는 죄지은 도망자처럼 뒤도 돌아보지 않고 냅다 앞만 보고 달렸다. 내 것을 되찾아 온 것인데도 도둑질한 사람인 양 심장이 마구 요동쳤다. 숨이 턱까지 차올랐지만 그래도 한참을 더 뛰었다. 꼬맹이에게 미안했다.

'이 누나를 이해해 주려무나. 나도 어렵게 마련한 용돈으로 산 거야.'

마음이 썩 편하지는 않았다. 그래도 내 새우깡을 사수했다는 생각에 한편으로는 기뻤다.

뿌듯한 기분으로 집에 돌아왔다 교복을 갈아입고 식구들과 함께 저녁을 먹었다. 오늘 있었던 일을 엄마한테 얘기하려다 버스비를 빼돌린 걸 들킬 것 같아 그만두었다. 방으로 돌아와 가방을 챙기려는데 책상 위에 얹어놓은 새우깡이 보였다. 보기만 해도 절로 미소가 지어졌다. 내일 다시 먹기 위해 꾸겨진 봉지를 펴서 예쁘게 돌돌 만 후, 노란 고무줄을 튕겨 야무지게 고정했다. 가방에 넣어두려고 지퍼를 열었다. 순간, 나는 머리가 쭈뼛 서고 얼굴이 화끈거렸다. 먹다 남긴 또 하나의 새우깡이 내 가방 안에 얌전히 들어앉아 있었기 때문이다.

삼십 년도 전에 있었던 일이니 그 꼬맹이도 이제는 서른 중반의 나이에 접어들었으리라. 그 아이는 그날의 일을 여태껏 기억하고 있을까? 기억한다면 자기 새우깡을 낚아채 도망쳐버린 단발머리 누나를 아이는 어떻게 기억하고 있을까?

아빠사자

밤늦게 귀가하는 여성들이 택시를 탈 때, 택시로 위장한 차를 구별하기 위해서 확인하는 방법이 두 가지 있다. 하나는 택시 정보가 적혀있는 기사등록증 확인이고 두 번째는 차량번호를 확인하는 것이다. 가령 차량번호나 기사등록증에 '아, 바, 사, 자' 이외에 다른 글자가 새겨져 있다면 불법 택시다. 발음이 비슷한 '아빠사자'로 외우면 기억하기가 쉽다. 택시로 위장한 차들은 금품 갈취를 목적으로 살인이나 유괴, 납치 등 무서운 범죄를 저지른다. 이런 뉴스를 듣게 되면 세상 참 위험한 일들이 많이 도사리고 있구나 싶어서 무서운 생각이 든다.

반면에 택시 안에서 로맨틱한 에피소드도 발생한다. 한 20년 전이었던 것 같다.

아는 동생이 택시를 탔는데 기사가 데이트 신청을 한 거다. 기사는 군을 제대하고 잠시 택시 운전사로 아르바이트하던 청년이었다. 아는 동생은 그 청년과 연애를 했고, 자연스럽게 결혼으로 이어졌다.

두 사람의 연애담을 들은 지 얼마 되지 않았을 때 일이다. 당시의 나 역시 이십 대였다. 하지만 안타깝게도 애인도 없는 싱글 신세였다.

그날 아침, 시끄럽게 울리는 알람을 끄고 오 분만 더 잔다는 게 그만 삼십 분을 내쳐 자고 말았다. 정신없이 머리를 감고 닦는 둥 마는 둥, 아무튼 수건으로 머리를 휘감고서 어제 입었던 옷을 대충 집어 들었다. 허둥지둥 대문을 닫고 나온 나는, 다음에 해야 할 행동을 혼잣말로 중얼거리며 골목길을 따라 바람을 가르며 뛰었다.

"택시가 바로 잡혀야 할 텐데……."

쏜살같이 골목을 돌아 나오니 2차선 도로변이 보였다. 큰일이었다. 그날따라 대기 중인 택시가 한 대도 없었다. 목을 길게 빼고 두리번거리며 택시를 찾아 빠르게 눈알을 움직였다. 드디어 한 대 포착! 누가 중간에 먼저 탈세라 택시를 향해 냅다 달렸다. 뒷좌석 문을 열고 엉덩이를 의자에 붙이기도 전에, "아저씨, ○○백화점으로 가주세요!"라고 말하며 문을 닫았다. 등받이에 몸을 기대며 가쁜 숨을 몰아쉬는데 룸미러로 기사님의 시선이 느껴졌다. 자꾸만 힐끗거리며 보는 기사님 시선이 부담스러워 창밖으로 시선을 돌렸다. 젖은 머리카락 끝에서 물방울이 톡톡 떨어졌다.

'아, 내 젖은 머리카락 때문에 차 시트가 신경 쓰여서 그러는구나.'

나는 머리카락을 한쪽으로 모아 왼쪽 어깨 위에 두었다. 그렇지만 이후에도 자꾸만 나를 슬쩍슬쩍 쳐다보는 듯한 시선이 느껴졌다. 무엇 때문일까 싶어 확인하려는 순간 그와 눈이 마주쳤다. 그러자 기사님은 조금 수줍은 듯한 미소를 지으며 목적지를 한 번 더 확인했다. 그러면서 백화점 근무 시간이 어떻게 되냐고도 물었다. 아침에 택시를 타면 기사님들이 백화점 근황을 묻거나 몇 시까지 가야 하느냐는 질문을 종종 하곤 했다. 그럴 때면,

"저는 백화점 직원이 아니라 잘 모르겠어요."

라고 무성의하게 대답하곤 했다. 이번처럼 근무 시간을 묻는 경우는 처음이었지만, 그렇더라도 내 대답은 같았다. 역시 나는 잘 모르겠다며 창밖으로 시선을 돌려버렸다. '더 이상 나에게 말을 걸지 말아 주세요.'라는 무언의 표현이었다. 그런데 안타깝게도 나의 의사 표현이 그에겐 통하지 않았다. 기사님은 다시 나에게 말을 걸었다.

"이 차 분위기가 어때요?"

내가 시큰둥하게 반응하자 기사님이 다시 말을 걸었다.

"보통은 여기에 미터기가 있지요."

기사님은 자신의 차에는 그 자리에 미터기가 없음을 확인시켜 주었다. 그것 외에도 자신의 차가 일반 택시들과 뭐가 다른 것 같지 않냐며 자꾸 말을 거는데 솔직히 부담스러워 짜증이 났다. 하기야 택시를 타자마자 차량 내부가 상당히 잘 꾸며

져 있다는 생각이 들긴 했었다. 하지만 그걸 굳이 말하고 싶지는 않았다.

'저렇게까지 자신의 차에 대해 어필하는 이유가 뭘까? 나한테 관심이 있어서 그러는 걸까?'

그냥 칭찬 몇 마디 해주며 인사치레로 분위기 맞춰주면 그만이었다. 그러나 혹시라도 그런 내 반응이 오해를 불러일으킬까 싶어서 관심 없는 티를 팍팍 내며 말했다.

"그걸 제가 알아야 하나요? 잘 모르겠으니 그냥 직접 말씀해 주시면……."

조금 미안한 마음에 나는 말끝을 흐렸다. 얼마 전, 그 아는 동생의 연애 소식을 들은 탓일까? 기사님이 자꾸만 곁눈질로 보는 것도 그렇고, 수줍은 듯 미소를 지으며 말을 건네는 모습도 어지간히 신경 쓰였다. 이 분위기대로라면 그 동생과 비슷한 상황에 놓일 것만 같았고, 그러면 어떻게 수습해야 하나 고민스러웠다. 목적지까지 아직 절반도 안 왔는데 갑자기 내릴 수도 없고, 차 안에서 단둘이 일 대 일로 대화하고 있으니, 어떻게 이 분위기를 벗어나나 싶어서 난감했다. 그냥 애인이 있다고 거짓말을 해버릴까? 묻지도 않았는데 이건 너무 앞서가는 거 아닐까? 머릿속에 별별 생각을 하며 고민에 빠져있었다. 그때였다. 기사님은 내 얼굴을 정확히 쳐다보시며 이전보다 더 환하게 웃으셨다. 그리고는

"아직도 모르시겠어요? 이 차가 택시가 아니라는 사실을

요?"

라고 말씀하셨다.

순간, 정신이 아찔하다 못해 잠시 나갔다가 들어오는 느낌이었다. 얼굴이 불에 덴 것처럼 화끈거렸고, 온몸이 전기에 감전된 듯 찌릿찌릿했다. 환장할 노릇이었다. 나의 핑크빛 착각은 온데간데없이 순식간에 날아가 버렸다.

"그럼 진작에 그렇다고 말씀해 주시지 않고요."

"너무 급해 보였어요. 그리고 저도 조금 놀랐고요."

그제야 이분이 지금까지 한 모든 행동과 질문이 이해되었다. 쥐구멍이라도 있었으면 좋았으리라. 너무 부끄러워 당장 차에서 내리고 싶었다.

기사님, 아니 자동차 주인분은 끝까지 나를 배려해 주었다. 그날 나는 그가 태워준 덕분에 목적지에 제시간에 도착할 수 있었다.

친구들은 택시를 타면 기사등록증을 반드시 확인한다면서

"보통 사람이라면 야간에만 확인해도 충분하겠지만, 너는 아침이든 저녁이든 꼭 확인해야겠다."라며 놀리곤 한다.

그날 이후로 지금까지, 나는 택시를 타면 조수석 앞에 있는 기사님 정보부터 제일 먼저 확인한다.

'아빠사자(아바사자)'

자나 깨나 불조심하듯이, 반드시 아빠 사자와 함께 택시
에 오르는 것이다.

재회

임신하면 어떤 느낌일까?

배는 얼마나 늘어날 수 있을까? 만약 세쌍둥이, 네쌍둥이가 들어선다면?

출산의 고통은 어느 정도일까? 하늘이 노랗다던데 진짜 그럴까?

입덧은 얼마나 힘든 걸까?

정말 신김치나 새콤달콤한 과일이 갑자기 당길까?

평소 못 먹던 음식까지 먹을 수 있다는데, 과연 내가 돼지국밥 같은 걸 먹을 수 있을까?

태몽은 느낌이 딱 온다는데, 다른 꿈들보다 생생하여 잊지 못할 정도라고 하던데 나도 그런 태몽을 꿀 수 있을까?

아기를 낳고 나면 이놈의 지긋지긋한 생리통도 없어진다는데 정말일까?

젊은 시절 결혼은 안 하더라도 내 아이만큼은 갖고 싶었다. 그러면서 경험해 보지 못한 임신과 출산에 관해 별별 우스꽝스러운 상상을 해보곤 했다. 특히 임신했을 때 생긴다는 몸의 변화나 태몽과 같은 특별한 경험 등이 몹시 궁금했다.

다행히 결혼하지 않고 아이를 낳는 일은 벌어지지 않았다. 지금의 남편과는 2년을 연애한 후, 전깃불에 콩 구워 먹듯이 결혼했다. 우리 부부는 결혼이야 그렇게 갑작스레 했어도 아기만큼은 남편이 하던 공부를 마칠 때쯤 가지자는 계획을 세웠다. 하지만 결혼 3개월 만에 덜컥 임신이 되어 버렸다. 일을 좀 더 해야 하는 형편이었고, 또 생각지도 못했던 임신이라 얼떨떨하기만 했다. 마음의 준비가 없기도 했거니와, 무엇보다 내가 꿈꾸던 임신 계획이 있었는데 시도조차 못 하였으니 내심 안타까웠다. 우리는 부모님께 임신 소식을 바로 말씀드리지 않았다. 그런데 한해 먼저 결혼한 아가씨가 낮잠을 자다 꿈을 꾸었는데, 용이 구슬을 물고 정면으로 눈을 마주치고 난 후 하늘로 승천한 꿈이라고 했다. 어머님은 태몽이라고 기뻐하셨다. 그제야 임신했다는 사실을 말씀드리게 되었다. 그 태몽의 주인은 아가씨가 아니라 나였기 때문이다.

양가 집안에 첫 손주라 어른들은 아주 기뻐하시며 축하해 주셨다. 시동생들 시누이, 친정 언니와 동생도 조카를 본다는 생각으로 기대에 부풀었다. 임신을 진짜로 하고 보니 처녀 적 상상했던 것과는 달리 다소 구체적인 것들이 궁금해지기 시작했다. 어떻게 생긴 아이가 태어날까? 성별은 무엇일까? 첫째는 딸이면 좋겠지만 아들이어도 괜찮다. 눈은 나를 닮고 코와 턱은 아빠를, 입술과 고른 치아는 나를, 큰 키와 긴 속눈썹과 피부색은 아빠를 닮고……. 뱃속에 든 아이를 놓고 이런저런 혼자만의 온갖 상상의 나래를 펼치곤 했다.

입덧은 생각했던 것보다 몹시 힘들었다. 음식을 제대로 먹지 못해 병원에서 주사를 맞기도 했다. 남들은 임신하면 잠이 쏟아진다는데, 나는 딱히 그렇지도 않았다. 임신 전 내가 상상했던 것 중에서 나랑 맞는 게 하나도 없었다. 심지어 태몽을 꾸는 경험조차 시누이가 대신했으니 말이다. 친정엄마 생각이 났다. 엄마는 나를 가졌을 때 오이를 물리지도 않고 먹었다고 했는데……, 이것저것 궁금한 게 많았지만 엄마한테는 물어도 대답을 들을 수 없었다.

출산일이 가까운 어느 날, 낮이었다.

진통이 시작되어 병원으로 갔다. 의사는 아직 예정일이 남았지만 다행스럽게도 아이가 크기 때문에 괜찮다고, 이대로 출산해도 된다고 했다. 나는 출산의 고통이 무서웠던 데 비해 순조롭게, 그리 큰 고통 없이 아이를 출산했다. 퇴원해서 곧바로 친정집에 도착했다. 아이를 안아보니 인형이 따로 없었다. 4킬로그램으로 우량아 공주란다. 그런데 조금 이상했다. "배 속에 있을 땐 아들이라고 했는데?" 내가 낳은 아이가 확실하냐고 재차 물으니 남편이 "계속 같이 있었잖아, 왜 그래?"라며 이상하다는 듯 대답했다. '이상하다, 이상해!' 기분이 묘하고 찜찜한 기분이 들어 고개를 갸웃거리고 있으니 엄마가 미역국을 끓였다며 얼른 먹으라고 권했다.

"어? 엄마 언제 왔어? 엄마 나 아기 낳은 거 어떻게 알았어? 누구한테 들었어? 응?"

엄마는 아무 말 없이 조용히 미소만 지으셨다.

"애기 봐 줄 테니 얼른 따뜻할 때 미역국부터 먹어"

"엄마 근데 참 이상해. 분명 배 속에 있을 때 아들이라고 했거든. 근데 낳으니 딸이래."

"……"

"그리고 엄마 나 아기 낳을 때 아무 느낌도 안 들었어. 신기하지?"

"……"

"엄마 근데 어디에 있었어? 응? 난 엄마가 어디에 꼭꼭 숨어있을까 궁금했어!"

"……"

"나한테만 얘기해주면 안 돼, 응? 아무한테도 말하지 않을게. 응?"

"안돼!"

엄마는 단호하게 대답하셨다.

"왜 안 되는데? 아빠한테 절대로 말 안 할게. 아니다. 아니, 엄마 온 것도 말 안 할게!"

"제발! 이러다 또 언제 볼지 모르잖아"

나는 애원하듯 엄마에게 졸라대었다.

"너 길 잘 못 찾잖아. 그리고 말해 줘도 너 못 찾아 와, 엄마는 이제 가야겠다."

"엄마! 엄마! 나 엄마 따라갈래. 따라갔다가 위치만 알아 놓으면 찾아갈 수 있어"

"안돼 윤아! 나중에, 나중에 와. 그때 가르쳐 줄게"

"싫어! 나 엄마 보고 싶단 말이야."

"너 아기는 어떻게 하려고? 안 돼. 엄마 이제 진짜 가야 해."

"알았어. 꼭 다시 와야 해, 꼭!"

엄마는 나오지 말라며 신신당부하셨다. "알았어. 안 나갈게."라고 대답했지만 엄마를 안심시키기 위한 거짓말이었다. 나는 엄마 뒤를 몰래 밟으려고 마음속으로 생각하고 있었다. 엄마가 나가자 나는 잠시 시간을 두고 기다렸다가 조용히 신발을 신고 문을 열었다. 순간, 나는 깜짝 놀랐다. 엄마는 내 마음을 꿰뚫고 계셨나 보다. 문 앞에 그대로 서 계셨다.

"윤아! 엄마가 안 된다고 했지?"

왠지 모를 서러움에 눈물이 터졌다. "엄마!"라고 부르며 어린아이처럼 소리 내 울었다. 우는 나를 두고 엄마는 뒤돌아 가셨다. 누군가가 엄마를 기다리고 있었던 모양이다. 보이지 않는 곳에서 몸을 숨기고 있다가 엄마가 나가자 엄마와 함께 이동하는 듯한 그림자가 얼핏 보였다. 나는 그 자리에 서서 엉엉 울다가 뛰어나갔다. 하지만 엄마의 모습은 보이지 않았다. 다리에 힘이 풀려 그 자리에 풀썩 주저앉아 목 놓아 울었다. 그러다가 잠에서 깨어났다. 주변을 두리번거리며 여기가 어딘지 확인하고 내 배를 어루만져 보았다. 여전히 배가 불룩했다. 병원에서 출산한 일도, 엄마가 찾아온 것도 모두가 꿈에서 일어난 일이었다. 미처 잦아들지 못한 흐느낌 사이로 눈에서 눈물이 흐르고 있었다. 베갯잇이 축축하게 젖어 있었다.

그토록 보고 싶던 엄마. 꿈이라도 좋으니 한 번만 나타나 달라고 애원하며 기도했던 엄마. 돌아가신 지 10년 만에 나는 꿈속에서 엄마와 재회했다. 그리고 엄마는 딸에게 출산 미역국을 앞당겨 끓여주려. 그 먼 길을 되짚어 다녀가신 것이다.

추억의 엄마 계란빵

운전 중인데 전화가 왔다.

"해윤, 여기는 클레오파트라야. 이쪽으로 와. 여기 커피랑 카스텔라 아주 맛있어! 얼른 와."

"네 언니."

전화를 걸어온 언니는 첫째 아이 초등학교 입학하면서 학모로 알게 된 사이다. 언니와 알고 지낸 지 십 년이 지났지만 언제나처럼 맛있는 음식이 있으면 챙겨주고 좋은 것이 있으면 늘 나눠 주신다. 힘든 일에는 언제나 위로와 용기를 북돋아 주고, 슬픈 일이 있을 때면 함께 아파하며 울어준다. 또한 기쁜 일에는 자신의 일보다 더 기뻐하며 축하해 주는 참으로 좋은 사람이다. 이날도 언니는 맛있는 커피와 카스텔라를 사주려고 내게 전화를 건 거였다.

사실 말이지만, 언니가 맛있다는 건 거의 보증 수표에 가깝다. 지금까지 한 번도 기대를 저버리지 않았다. 이번엔 카스텔라다. 몇 년 전 대만 카스텔라가 유행한 적이 있다. 가격 대

비, 양도 많고 부드러운 데다 그리 달지 않아 맛이 괜찮았던 기억이 났다. 그래도

'카스텔라가 맛있어 봤자 그냥 카스텔라 아니겠어? 언니는 카스텔라를 좋아하시는구나.'

라고 생각하며 핸들을 돌려 클레오파트라로 향했다.

카페에 도착해 언니가 있는 자리로 갔다. 언니는, 이 집 카스텔라는 주문 후 만들기 때문에 삼십 분 정도 기다려야 먹을 수 있다고, 그래서 미리 주문해 놓았다고 했다. 먼저 커피가 나왔다. 그리고 곧이어 기다리던 카스텔라를 사장님이 예쁜 접시에 담아 직접 들고 왔다. 예상했던 사각의 카스텔라가 아니라 케이크처럼 동글납작한 모양이었다.

'어, 어디선가 본 듯한데?'

라고 생각하는 순간 어릴 적 엄마가 해주신 계란빵이 떠올랐다. 언니는

"따뜻할 때 먹어봐. 정말 맛있어"

하면서 내 손에 포크를 쥐여주었다. 왠지 엄마의 계란빵 맛이 날 것 같아 가슴이 떨렸다. 한 입 먹으니 정말 식감이나 맛이 비슷했다. 나는

"어릴 적에 엄마가 해주신 계란빵과 맛이 비슷해요"

라며 결국 눈시울을 붉히고 말았다. 문득, 둘째를 가졌을 때 엄마가 해주신 계란빵을 재현해 보려다 태운 일이 떠올랐다.

어릴 적, 나는 카스텔라를 무척이나 좋아했다. 카스텔라를 한입 넣은 채 우유를 마시면 입안에서 사르르 녹았다. 스펀지처럼 우유를 머금은 카스텔라를 혀로 지그시 누르면 달콤한 그 맛이 어찌나 좋은지……. 또 다른 방법으로는 그릇에 카스텔라를 담고 우유를 부어 숟가락으로 조금씩 떠먹기도 했다. 카스텔라는 학창 시절 나의 최고급 간식이었다.

하지만 당시에 카스텔라는 고급스러운 빵이었다. 내가 먹고 싶다고 아무 때나 마음껏 먹을 수 있는 그런 빵이 아니었다. 내가 빵을 좋아하다 보니 엄마는 아예 직접 만들어 주셨다. 계란을 넣어 만들기 때문에 엄마와 나는 그 빵을 계란빵이라고 불렀다.

"해윤아 계란빵 먹고 싶으면 계란 치대라."

내가 조금 다운되어 있다 싶은 눈치면 엄마는 기분을 풀어 주시려고 이렇게 말씀하셨다. '계란 치대라.'라는 말은 계란의 흰자를 거품기로 머랭치기 하라는 말이다. 기분이 꿀꿀할 땐 역시 먹는 게 최고다. 엄마표 계란빵을 먹을 수 있다는 말에 나는 금방 신이 났다. 나는 계란의 흰자와 노른자를 능숙하게 분리하여 흰자만 양푼에 넣는다. 이제 거품기로 열심히 머랭치기 시작!

머랭치기는 잠시라도 쉬면 거품이 가라앉기 때문에 멈춰서는 안 된다. 그리고 한 방향으로만 빠르게 저어야 해서 중간에 손을 바꾸지도 못한다. 투명한 흰자는 점점 하얗게 크림색으로 변하면서 거품처럼 부풀기 시작한다. 이제 마지막 고지가 눈앞에 보인다. 눈에 힘을 빡, 주고 마지막까지 힘주어 머랭을 친 후 양푼을 뒤집어 본다. 이렇게 뒤집었을 때 떨어지지 않고 그대로 있으면 작품 완성이다. 내가 할 일은 여기까지다. 나머지는 엄마 손으로 넘어간다.

엄마는 깊이가 깊은 팬에 만들어 놓은 반죽을 부으셨다. 유선지도 깔지 않았다. 그런 다음 프라이팬과 비슷하게 생긴 또 다른 팬을 뚜껑 삼아 덮었다. 불의 온도는 오로지 엄마의 감으로, 그리고 냄새로 맞추셨다. 요즘 사람들은 마요네즈나 슬라이스치즈를 넣어서 야단스럽게 계란빵을 만들지만, 엄마가 만드는 엄마표 계란빵은 그런 걸 몰랐다. 그런 걸 몰라도 맛은 최고였다. 엄마의 '감'이 바로 신의 한 수였으니까.

둘째를 임신하고다. 입덧이 심했다. 이것저것 입에 맞는 걸 찾던 중에 갑자기 어린 시절 엄마가 해주신 계란빵이 먹고 싶었다. 그런데 만드는 방법이 도무지 생각나지 않았다. 계란 흰자를 거품기로 열심히 치댄 것밖에 기억나지 않았다. 순간, 이모가 생각났다. 이모라면 분명 아실 것 같았다. 엄마의 바로 아래 동생이고 우리 집에 자주 왕래했었기 때문이다. 짐작대로였다. 이모는 엄마의 레시피를 알려주셨고, 나는 그대로 실행에 옮겼다. 순전히 예전 그 맛을 되살리고 싶은 마음에, 그때처럼 모든 걸 수작업으로 진행했다. 여섯 살이던 큰아들이 초롱

초롱한 눈망울로 내 행동을 신기한 듯 바라보았다.

"민아, 이 계란이 어떻게 바뀌는지 잘 봐봐."

아들에게 온갖 액션 동작을 취하며 머랭치기를 선보였다. 드디어 흰자가 완성됐다. 내가 양푼을 뒤집어 보이며

"짜잔! 신기하지?"

라고 하자 아이는 물개처럼 박수 치며 마냥 놀라워했다. 이어서 나는 팬에 반죽을 붓고 가스불에 올렸다. 드디어 기억이라는 서랍 저 깊숙한 곳에 보관되어 있던 냄새, 그걸 빼닮은 냄새가 스멀스멀 풍겨오기 시작했다. 그런데 아뿔싸! 엄마와 달리 나는 불 조절에 미숙했던 거다. 팬은 바닥과 테두리가 새까맣게 타버렸고, 그날 야심 차게 도전했던 계란빵은 안타깝게도 실패로 돌아갔다.

'그래도 위쪽은 괜찮으니 맛은 봐야지!'

라는 생각으로 프라이팬째 들고 주방에서 나오며 남편과 아이를 불렀다.

"그냥 사 먹는 게 낫겠다."

남편은 질겁하며 손사래 쳤다. 나는 포기하지 않고 아들한테 기대를 걸었다.

"엄마 이게 뭐예요?"

"이건 돌아가신 너의 외할머니가 예전에 집에서 엄마한테 만들어 주신 계란빵이야. 그런데 엄마가 그게 먹고 싶어서 한 번 만들어 보았는데 좀 타버렸네. 그래도 위쪽은 괜찮으니 한

번 먹어볼까?"

포크로 타지 않은 부분을 살살 긁어 아들에게 한입 넣어주고 나도 한 숟가락 입에 넣었다. 빵에 탄내가 배어있었다. 완벽하진 않지만 그래도 그리운 그 맛이 났다. 하지만 아들 녀석은

"윽! 엄마, 맛없어요."

라고 말하고는 눈치를 살피듯 쳐다봤다.

"그래? 엄마는 괜찮은데."

그 말이 끝나는 순간 입술이 떨리고 목이 메었다. 참으려고 했지만, 눈물이 뚝뚝 떨어졌다.

"엄마 왜 울어요?"

아들이 놀라 물었다.

"응… 너무 맛있어서……."

나는 울음을 삼키며 떨리는 목소리로 대답했다. 결국 더이상 먹지 못하고 안방으로 들어가 문을 닫았다. 내가 우는 소리를 듣고 아이가 놀랄까 봐 손수건으로 입을 막았다. 눈물이 비 오듯 흘러내렸다.

'엄마, 엄마, 보고 싶어 엄마!'

엄마의 계란빵을 중심으로 나의 추억은 맴돈다. 행복했던 어린 시절, 그립고도 그리운 엄마와 함께…….

타임머신을 타고 과거로 시간여행을 다녀온 기분이다. 한동안 잊고 지낸 부끄럽고 황당한 일들, 그리고 평생을 잊지 못할 소중한 추억들을 소환했기 때문이다. 나의 일화들을 듣는 사람들은 하나같이 라디오에 사연을 보내라고 이야기했었다. 내 이야기를 재미있어한 사람들만큼이나, 나 역시 그때 일들을 떠올리며 히죽히죽 웃기도 했다. 슬픈 추억이 떠오를 때면 감정이 몰입되어 새삼 눈물이 흐르기도 했다. 누구나 크고 작은 실수를 저지르며 살아간다. 그리고 살아온 시간만큼 많은 추억이 쌓여간다. 글을 쓰는 내내 그 시절에 알지 못했던 내 감정을 들여다볼 수 있는 좋은 계기가 되었다.

어린아이들은 할머니가 들려주는 옛날이야기를 좋아한다. 학생들은 선생님의 첫사랑 이야기에 환호한다. 자식들은 부모님의 이야기에 울컥하며 감동한다. 이 책은 그런 이야기들로 채워진 우리들의 이야기다.

모두 고맙습니다. 그리고 하늘에서 지켜보고 계실 부모님, 사랑합니다.